DIE ERWÄHLTE DES BÄREN (BOREALIS-BÄREN BUCH 1)

VIVIAN AREND

PROLOG

Vom Schreibtisch von Giles Borealis, Sr.

DATUM: 21. März
AN:
Cooper Borealis
Alex Borealis
James Borealis

*M*eine lieben Enkelsöhne,
vor dem Jahresende werde ich meinen 85. Geburtstag feiern. Ich weiß, dass ihr alle darauf erpicht seid, das perfekte Geschenk für mich zu finden. Ich muss sagen, dass bis jetzt ihr die besten Geschenke seid, die ich mir hätte wünschen können. Ihr seid klug und stark geworden, habt echten Geschäftssinn und ausreichend halsabschneiderischen Ehrgeiz, um mich stolz zu machen. Borealis Gems geht es dank euch hervorragend.

Ihr seid außerdem die störrischsten, unbelehrbarsten Esel, mit denen ich mich je befassen musste.

Wenn ihr mir erzählt, dass ihr euch aufs Geschäft konzentrieren wollt, und dass es warten kann, die Eine zu finden, klingt das zwar beeindruckend, jedoch wissen wir alle, dass das ein Haufen Bockmist ist. Es wird verdammt nochmal Zeit, dass ihr euren Hintern in Bewegung setzt. Ich will meine Urenkel im Arm halten, ehe ich sterbe, ein Gefühl, das eure Großmutter voll und ganz teilt, genau wie eure Eltern – auch wenn sie im Moment nicht im Land sind.

Jahrelang habt ihr inzwischen, sture Narren, die ihr seid, dem Paarungsfieber widerstanden, wenn es euch getroffen hat. Genug von diesem Unsinn.

Es sind noch neun Monate bis zu meinem Geburtstag. Solange habt ihr Zeit, um euch eine Partnerin auszusuchen, Jungs, oder ich werde es so einrichten, dass ich am Neujahrsabend meine Anteile von Borealis Gems an Midnight Inc. verkaufe, und das möchte doch keiner von uns, oder?

Wenn euch dieses Mal das Paarungsfieber trifft, legt euch fest. Ihr könnt damit einen alten Mann glücklich machen (und eure Großmutter – vergesst nicht Nana!), den vollen Besitz einer Multi-Milliarden-Dollar-Firma übernehmen und für immer die Zeit eures Lebens mit einer Partnerin verbringen ... oder ihr könnt alles wegwerfen. Ihr habt die Wahl.

Trefft keine dumme Entscheidung.
Grüße,
Euer lang leidender Großvater,

GILES BOREALIS, SR.

~

Im privaten Büroraum über der Diamond Tavern standen drei luxuriöse Ledersessel gemütlich rund um einen überdimensionierten Tisch. Auf dem Rand seines üblichen Sitzplatzes ließ James Borealis den handgeschriebenen Brief aus seiner Hand auf die hölzerne Tischfläche hinabflattern. Er tauschte die unerwartete Nachricht sofort gegen ein Glas aus und kippte den Whiskey hinunter, als könne er den bitteren Nachgeschmack wegspülen, den die Erklärung in seinem Mund hinterlassen hatte.

„Das ist *Schwachsinn.*" Ihr mittlerer Bruder brüllte die Worte geradezu, seine goldbraune Haut war vor Zorn gerötet. Alex fuhr sich mit der Hand über seinen militärischen Bürstenhaarschnitt, sodass die dunklen Strähnen zu Berge standen. Er schnappte sich sein Glas und tat es James nach, kippte den Inhalt rasch weg.

Sie warfen einander Blicke zu, ehe sie ihre Gläser nur einen Sekundenbruchteil nacheinander auf den Tisch knallten und sich dann umwandten, um nach der Reaktion ihres ältesten Bruders zu sehen.

Cooper war derjenige gewesen, der sie zusammengebracht hatte, um das elegant verfasste Schreiben von Opa Giles zu öffnen. Cooper war derjenige, an den sie sich immer um Rat wandten. Da ihre Eltern auf Reisen außer Landes waren, war er stellvertretender CEO von Borealis Gems. Sein Jurastudium und seine Neigung, auf alles exzessiv vorbereitet zu sein, halfen, das Unternehmen in der kurzen Zeit, seit er die Verantwortung hatte, auf unzähligen Wegen voranzubringen.

Nun war seine Miene kühl und gefasst – sehr viel mehr, als James es zustande brachte, und normalerweise war *er* das ruhige und gefasste Gesicht der Familienfirma. Öffentlichkeitsarbeit und Werbung waren ihm eine Freude, und er war verdammt stolz gewesen, einsteigen und die Sparte übernehmen zu können, die viele Jahre lang der Herrschaftsbereich seiner Mutter gewesen war. Charmant sein konnte er. Eloquent – das war er auch. Normalerweise.

Nur nicht jetzt.

Die unvernünftige Bitte ratterte erneut durch seine Gedanken, brachte ihn mental aus dem Gleichgewicht. Eine Frist, um sich zu paaren? Wer *tat* denn so was?

„Du glaubst, er meint es ernst?", wollte Alex wissen.

„Er hatte doch noch nie ein Problem damit, dass wir Singles sind", sagte James sofort. „Und was zum Teufel soll denn dieser Unsinn mit ‚jahrelang' und ‚dem Paarungsfieber widerstanden'? Vielleicht trifft das auf euch beide zu, aber ich bin erst 26. Mich hat das Paarungsfieber bisher nur einmal getroffen, und letztes Jahr war ich überhaupt nicht bereit, schon sesshaft zu werden. Oder dieses Jahr", beschwerte er sich. „Ich habe mich wie jeder vernünftige Mann in dieser einen Woche zurückgezogen."

„Genau, wie es Cooper und ich in den letzten ‚jahrelangen' Jahren getan haben", merkte Alex an. „Opa liegt nicht falsch damit, dass wir nicht wollen, dass das Schicksal unser Leben vorherbestimmt."

Cooper hob das Glas in seiner Hand, wirbelte die Flüssigkeit herum, während er in das bernsteinfarbene Getränk starrte. Sein dunkles Haar war von einzigartigen silberblonden Strähnen durchzogen, in denen sich der Sonnenschein des späten Winters fing, der in das Zimmer über der Diamond Tavern fiel, dem Pub, den James als Nebengeschäft der Familien-Bergwerke betrieb. „Großvater wird älter. Wer weiß, was zu dieser Veränderung geführt hat? Tatsache ist, dass er ein

Ultimatum gestellt hat. Jetzt müssen wir beschließen, was wir deswegen unternehmen."

Coopers völlige Gefasstheit im Angesicht dieser unvernünftigen Forderung senkte James' Panik so weit, dass er ruhig sprechen konnte. „Opa würde das Familienunternehmen nicht an unsere Rivalen verkaufen."

Sein großer Bruder hob eine Augenbraue.

Ja, er hatte recht. Der griesgrämige Bastard würde es durchaus tun, nur um es ihnen zu zeigen. „Nur gut, dass ich den Alten mag, oder ich würde mich dazu aufgefordert fühlen, ihm den Kopf von den Schultern zu reißen", grollte James.

„Den sturen Anteil unseres Charakters haben wir von ihm", erwiderte Cooper amüsiert.

Alex hielt inne, rutschte kurz auf dem Sofa herum, während er in seine hintere Hosentasche griff, um seine stets verfügbaren Handschellen herauszuholen und sie auf den Tisch zu werfen. Dann streckte er die Beine aus, lehnte sich wieder zurück an das edle Lederpolster wie ein König auf seinem Thron, die Arme weit über die hohe Lehne ausgebreitet. Selbst so entspannt sah er von oben bis unten wie das Raubtier aus, das er war. Als Sicherheitschef der Familie war Alex tödlich und hochgefährlich. Es ging bei ihm allerdings nicht nur um Muskeln. Sein Verstand war messerscharf, und wenn man ihn unterschätzte, brachte man sich in Gefahr. „Was haben wir dann für einen Plan? Denn ich werde unser Unternehmen nicht in den Krallen der Lazuli-Familie enden lassen."

War da etwa jemand ein bisschen übereifrig? Diese Ankündigung des mittleren Bruders war übertrieben, aber James hatte eigene Sorgen. Sechsundzwanzig war viel zu jung, um sich festzulegen.

Das Paarungsfieber traf alle ausgewachsenen Eisbären-

Shifter einmal im Jahr. Bei glücklich verheirateten Paaren wurde daraus eine Woche der herrlichsten sexuellen Ausschweifungen.

Männer ohne Partnerin trieb der wilde Impuls trotzdem zu enthusiastischen Sex-Abenteuern. Es war die Art der Natur, sie dazu zu bringen, dauerhafte Bande auszubilden – denn obwohl sich Menschen das ganze Jahr lang verliebten, konnte es die *Paarung* nur während des Fiebers geben.

Als Bonus – oder auch nicht – betraf das Fieber nicht nur den Mann, sondern hatte auch einen Einfluss auf die Frauen um ihn herum, indem es ihre natürliche Reaktion verstärkte. Das Paarungsfieber führte nicht dazu, dass eine Frau Ja sagte, wenn sie Nein sagen wollte, aber es verstärkte bestehende Anziehungskräfte um das Zehnfache. Wie eine zusätzliche Wonne, um die Situation für alle noch spaßiger zu machen.

Eine Woche voller schmutziger Ausschweifungen? Für gewöhnlich kein Problem. Aber kein Mann, der Single *bleiben* wollte, hing freiwillig mit den Damen herum, wenn das Fieber zuschlug. Das war zu riskant.

Falls sie gut zusammenpassten – nach welchen Kriterien auch immer das Heitatei der vorbestimmten Eisbären-Partnerschaft das entschied –, war diese Woche voller Sex der Anfang vom Ende. Wie bei einer Heirat, wenn die Frau bereits schwanger war, würden sie auf ewig miteinander festsitzen.

Nein. Den einzigen Einfluss, den James dem Paarungsfieber auf sein Leben zugestehen wollte, war, dass es ihm ein ordentliches Stück Zeit raubte.

Er wollte keine Partnerin. Brauchte niemanden, der ihn verlangsamte und ihm hinterherspionierte. Ganz zu schweigen von der Wahrscheinlichkeit, sich fortzupflanzen.

Doppelgrusel. Wenn es eine Möglichkeit gab, hier rauszukommen und trotzdem noch die Forderung von Opa Giles einzuhalten, war er auf jeden Fall dabei.

Allerdings, falls ich mit nur einer Frau festsitzen darf ...

Er schob den Gedanken beiseite, so wie er es im Lauf der Jahre schon eine Million Mal getan hatte. Er weigerte sich, auf diese Art über Kaylee zu denken, ganz gleich, wie sehr sein innerer Bär darauf bestand, seine Gedanken eine perverse Richtung einschlagen zu lassen.

„Es ist eigentlich einfach", verkündete Alex. „Wir lassen es James machen."

Sich empört zu geben, half ihm, der Wahrheit aus dem Weg zu gehen, die immer noch durch seine Gedanken wirbelte. „Schert euch zum Teufel. Ich will mich noch nicht festlegen, und ich bin der Jüngste. Wenn überhaupt, sollte Cooper in den sauren Apfel beißen und das Borealis-Vermächtnis weiterführen."

Alex grinste noch breiter. Bei dieser Möglichkeit war er vom Haken. „Da ist was dran ..."

„Ich sage, wir sehen, was passiert, und lassen die Natur entscheiden", unterbrach Cooper. Er nahm einen großen Schluck, leerte seinen Whiskey und stellte das Glas mit einem leisen Klirren auf den Tisch zurück. „Wir können nicht wissen, wann das Paarungsfieber als nächstes zuschlägt, oder bei wem. Ich schlage vor, dass wir vereinbaren, es dieses Mal einfach seinen Lauf nehmen zu lassen. Eine Sache, die Großvater nicht bedacht hat: Das Paarungsfieber ist keine Garantie. Es soll angeblich die Chance erhöhen, dass die Partner zusammenpassen, aber wenn wir nicht mit der Liebe unseres Lebens zusammen sind, wird bis auf eine Woche voller Spaß nichts passieren."

James starrte Cooper an, während die Wahrheit in ihn einsickerte. „Du ... hast recht."

Sein großer Bruder schnaubte. „Sei doch nicht so schockiert.“

Alex beugte sich vor, die Ellbogen auf den Knien, während seine Augen funkelten. Er dachte nach. „Also. Das bedeutet, dass wir in dem Augenblick, in dem wir spüren, dass das Fieber anfängt, mit jemandem allein sein müssen, der attraktiv ist, aber ganz bestimmt nicht unsere Partnerin.“

„Jetzt machst du es komplizierter, als es sein müsste“, erklärte Cooper.

Alex hob die Schultern. „Ich plane nur voraus, Bruder.“

Cooper fuhr fort. „Wir werden sehen, ob einer von uns bis Silvester mit einer Partnerin endet. Großvater kann uns nicht böse sein, wenn wir versuchen, den Regeln zu folgen. Sein Ultimatum sagt nur, dass wir das Fieber nicht bekämpfen sollen.“

Es sah Cooper so ähnlich, sich auf die rechtlichen Schlupflöcher zu konzentrieren.

Er fuhr fort: „Wer weiß? Vielleicht ist einer von uns am Ende in einer Partnerschaft, und die anderen beiden entscheiden dann, dass es nicht so furchtbar schrecklich ist, sich festzulegen, und schwören, im Lauf des nächsten Jahres aktiv nach ihrer einzig Wahren zu suchen.“

Es klang alles so vernünftig ...

Nur dass James seinen ältesten Bruder kannte. „Dieser letzte Teil war Schwachsinn, oder?“

„Darauf kannst du wetten“, erwiderte Cooper, in seinen Augen blitzte ein Funkeln, während er zwinkerte. „Ich hatte so eine Ahnung, dass irgendwas in der Art auf uns zukommt, darum habe ich sehr viel darüber nachgedacht. Großvater Giles hat uns, wo er uns haben will. Er ist nicht blöd. Ich sehe keine Möglichkeit, das

Familienunternehmen zu halten, außer, wir halten uns an seine Anweisungen."

Alex seufzte, während er sich zurücklehnte und an die Decke starrte. „Also lassen wir das Schicksal entscheiden."

„Das Schicksal und das Paarungsfieber, ja."

Das nervte, aber Cooper hatte recht. James rutschte auf einem Sessel nach vorn und hielt die Hand über den Tisch, so wie sie es als Jungen schon immer getan hatten, wenn sie einen Pakt geschlossen hatten. „Kein Wehren gegen das Fieber" – wiederholte er – „und wir lassen das Schicksal entscheiden."

Alex legte seine Handfläche über James' Hand. „Wir lassen das Schicksal entscheiden."

Cooper rutschte nach vorn, sein massiger Körper ließ das Leder protestierend knarzen, während er seine Hand über ihre beiden legte und einmal nickte. „Möge es gnädig mit uns sein."

1

———

*V*erdammter Bär.

Kaylee Banks starrte aus dem Fenster im zweiten Stock, während der schönste Mann auf dem Angesicht der Erde, zumindest ihrer bescheidenen Meinung nach, auf das riesige Gebäude zumarschierte, in dem Borealis Gems residierte.

Er hatte sein Privatflugzeug auf der Startbahn der Firma geparkt, und sie biss sich auf die Unterlippe, um nicht zu stöhnen, während der Gegenstand viel zu vieler schmutziger Tagträume sich mit deutlich sichtbarem Muskeleinsatz das Sakko auszog und seine Krawatte lockerte, sodass eine Stelle mit dunklen Haaren auf seiner Brust sichtbar wurde, sobald er die obersten zwei Knöpfe seines Hemdes öffnete.

Die Spuren der Zivilisation verschwanden, wenn James Borealis in den Norden zurückkehrte.

Kaylee: *Du bist früh zurück*

Es war witzig, in Echtzeit zu sehen, wie die

Nachricht ankam. Er fischte sein Telefon aus der Tasche. Das Lächeln, das ihm übers Gesicht huschte, war echt und wischte die vorige, nicht allzu typische James-Miene weg, während seine Finger sich über den Bildschirm bewegten.

James: *Kaylee Kat. Wo bist du? Oder bist du inzwischen Wahrsagerin?*

Kaylee: *Sieh nach oben.*

Sie wartete, bis sein Blick weit genug hoch glitt, dann winkte sie.

Er winkte zurück. *Was machst du hier im Büro? Besuchst du Amber?*

Kaylee: *Dein Opa hat mich angeheuert, um die Tage PR-Fotos zu schießen, damit Borealis Gems seine Broschüren updaten kann.*

James schaute auf seine Uhr. Er tippte auf ein paar Knöpfe und warf einen Blick auf den Bildschirm, ehe er den Kopf schüttelte: *Wenn du heute noch Bilder draußen machen musst, mach lieber schnell. Heute Nachmittag kommt ein großes Gewitter auf.*

Toll. Sie stieß lang angehaltene Luft aus. James war einer der wenigen, die wussten, wie unbehaglich ihr Gewitter waren. Sie waren schon lange genug befreundet; er kannte viele ihrer Geheimnisse.

Einige ihrer Geheimnisse, aber auf keinen Fall alle.

Kaylee: *Vertrau mir, ich kümmere mich darum, dass ich irgendwo sicher im Versteck sitze, bevor es dröhnt und kracht.*

Er ging weiter, senkte zustimmend das Kinn, noch während er sich mit der Hand über Nacken und Brust strich.

Seine große Hand lenkte sie auf die fiese Art ab. Er hatte die Hemdsärmel hochgekrempelt, und seine breiten

Unterarme waren direkt vor ihr, hypnotisierten sie regelrecht.

Sie konnte den Blick nicht von ihm wenden, und vielleicht, weil sie ihn so intensiv beobachtete, wurde ihr klar, dass etwas nicht stimmte. Er rollte die Schultern und dehnte den Nacken, während dieses wenig begeisterte, untypische Stirnrunzeln erneut auf sein Gesicht trat.

Kaylee: *Alles klar bei dir?*

James: *Es ist nichts.*

Kaylee: *Mein Bullshit-Sensor springt an ...*

James: *Also gut. Ich weiß nicht, warum, aber ich bin platt. Ein normaler PR-Auftritt sollte mich nicht so aus der Bahn werfen. Mir tut irgendwie alles weh.*

Oh, wie ihre Gedanken rasten. Und wie schnell sie in spannende Regionen vorstießen – das war wirklich schockierend.

Ich könnte diese Anspannungen wegmassieren, dachte Kaylee seufzend. *Bitteschön und Dankeschön. Ich könnte dir die Schultern massieren, den Rücken, oder* alles andere, *was massiert werden muss.*

Stattdessen entschied sie sich für eine logischere Antwort, anstatt sich ihm schleimig als seine Privatmasseurin anzubiedern.

Kaylee: *Vielleicht hast du dir die Sommergrippe geholt, die gerade umgeht. Warum gehst du nicht heim?*

Kaylee: *Leg dich in die Wanne, bevor das Gewitter losbricht. Das hilft bestimmt gegen diese Verspannungen, nachdem du dich stundenlang in die Cessna gequetscht hast.*

Einen Augenblick lang schien James hin- und hergerissen, ehe er überzeugt nickte, während er nach oben starrte. Er stand inzwischen direkt unter ihr, nur wenige Meter vom Seiteneingang entfernt. Nah genug, dass sie reden konnten, ohne ihre Stimmen zu sehr zu erheben.

„Du hast recht. Ich glaube nicht, dass es irgendwas super Dringendes gibt, um das ich mich im Büro kümmern muss." Seine tiefe Stimme trug herauf bis zum Balkon, streifte ihre Haut wie eine Liebkosung.

Seine Hände bewegten sich rasch, um die restlichen Knöpfe aufzumachen, und einen Augenblick später legte er sein Jackett, Hemd und die Krawatte über den Handlauf neben dem Eingang.

Ihr stockte der Atem, und dann, o mein Gott, es war so gut, dass sie keine Luft bekam, denn sie hätte so laut gestöhnt, dass er es gehört hätte. Gleich vor ihr, während sie einen Platz in der ersten Reihe ergattert hatte, öffnete er seinen Gürtel, den Hosenknopf und den Reißverschluss und wollte gerade seine Hose herabfallen lassen.

Ein Teil ihrer Benommenheit drang wohl über die Luft zu ihm durch, denn als er seine Schuhe von sich stieß, hielt James inne. Erneut begegnete er ihrem Blick und grinste sie jungenhaft an. „Dir macht es doch nichts aus, meine Klamotten mitzunehmen, oder? Ich würde sie schon selbst ins Kleiderfach legen, aber das ist ganz hinten am anderen Ende der Rollbahn."

Er stand da, nur halb bekleidet, mit der typisch lockeren Einstellung der Shifter, was Nacktheit betraf, und sie war nur einen Schritt davon entfernt, umzukippen wie eine Groschenromanheldin.

Sie wurde nicht rot, weil er sich nackt auszog. Als Shifter war nicht zwingend etwas Sexuelles daran, sich aus den Kleidern zu schälen, um sich in seine Tiergestalt zu verwandeln. Es war normal und einfach. Natürlich und gewöhnlich.

Aber wenn *James sich nackig* machte, bedeutete das *o mein Gott*. Ihre Reaktion auf ihn war unter keinen noch so fantastischen geistigen Verrenkung normal. Daher das

Erröten, die Atemlosigkeit und die anderen körperlichen Reaktionen, die scharenweise über sie herfielen.

Ihr innerer Luchs verdrehte die Augen.

Die Katze, die Kaylees anderes Ich war, war nicht sehr beredt. Sie neigte dazu, still zu bleiben, aber das bedeutete nicht, dass sie keine *Meinung* hatte.

Andere Shifter schienen sehr viel mehr mit ihrer tierischen Seite im Austausch zu stehen. Kaylee war nicht sicher, ob das daran lag, dass sie eine Katze war, und der Großteil ihres Wissens über Shifter von Bären und Wölfen stammte, aber wenn sie sich nicht in Katzengestalt befand, hielt ihre Katze sich zum Großteil zurück und überließ Kaylee das Ruder.

In mancherlei Hinsicht war das gut – kein Ausflippen mit Fauchen und Kratzen, wenn etwas schief ging. Aber auch schlecht, denn es gab Zeiten, da wäre es schön gewesen, die Vorzüge ihrer Katze nutzen zu können.

Das Katzentier war nicht schüchtern, nicht einmal ansatzweise.

Bitte. Weshalb sollte ich schüchtern sein? Die Welt existiert, um Katzen zu gefallen. Das weiß doch jeder.

Kaylee kicherte, kurzzeitig abgelenkt. *Ich wünschte, du würdest mir etwas von deinem Katzen-Mojo borgen.*

Ihre Katze schnüffelte zart, dann wurde sie still, offensichtlich gelangweilt von der Unterhaltung.

Von ihr war keine Hilfe zu erwarten. Shifter mochten ja gleichzeitig zwei in einem sein – Mensch und Tier – aber viele von ihnen kamen zu der Ansicht, dass sich eine Hälfte bei gewissen Dingen besser anstellte.

Zu beobachten, wie James Borealis sich auszog, war nichts, was die menschliche Kaylee gut abkonnte.

Noch schlimmer, es ließ sich nicht verstecken, dass sie darauf reagierte. Die Borealis-Brüder hatten sie schon vor

Jahren dabei erwischt, wie sie rot wurde wie eine Tomate, und Alex war davon ausgegangen, dass ihre Verlegenheit sich jederzeit nutzen ließ, um sie aufzuziehen. Es war auf eine verdrehte Art schon irgendwie süß, denn Kaylee hatte keine Geschwister, und die Neckereien waren die Art familiäre Verbindung, nach der sie sich immer gesehnt hatte.

Cooper hatte sie am wenigsten geneckt, hatte ihr den Rücken zugewandt, wenn sie sich in größeren Gruppen verwandelt hatten, aber James war direkt auf den Zug aufgesprungen und hatte es Alex nachgetan.

In letzter Zeit schien James' Neckerei erotische Untertöne zu enthalten – doch das war bestimmt nur Kaylees fiebrige Vorstellungskraft, die ihr etwas vormachte.

Der Wunsch, dass er wirklich interessiert wäre, war falsch, wenn man bedachte, dass sie wusste, dass sie beide unmöglich zusammen sein konnten. Nein. Er zog sie auf, wie es jeder Freund tun würde, doch sie würden aus etlichen Gründen niemals mehr sein als das.

Das war auch der Grund, weshalb sie, obwohl sie ihm keine gesundheitlichen Probleme wünschte, wirklich hoffte, dass ihm seine Erkältung zu schaffen machte oder er weit genug weg war, sodass er nicht bemerkte, wie sehr ihr Herz hämmerte.

„Erde an Kaylee. Hast du mich gehört? Kannst du meine Sachen mitnehmen?"

Ups. Himmel nochmal, wie lange hatte sie dagestanden und Tagträume gehabt? „Kein Problem."

Sie antwortete, als käme sie nicht wegen all der Nacktheit ins Keuchen, die sich vor ihr präsentierte.

„Danke, Kaylee Kat."

Hinschauen? Oder wegschauen?

Es war keine ernsthafte Frage. Kaylee machte einen

Schritt nach rechts, um besseres Licht zu haben. Man konnte erröten und dabei trotzdem die Vorführung genießen.

Er redete weiter, während er sich auszog. „Kannst du Amber sagen, dass ich zurück bin, aber für heute Schluss gemacht habe?"

„Kein Problem."

Sie wusste, dass sie Worte wählte, bei denen es nur ums Funktionieren ging. An etwas Ausgefallenerem würde sie sich nicht versuchen.

Viel zu schnell war James splitternackt. Herrliche bronzefarbene Haut, gebräunt und zur Berührung einladend. Sein enormer Bizeps spannte sich an, seine großartigen Brustmuskeln bewegten sich ebenfalls, während ihr Blick auf die Linie aus dunklen Haaren fiel, die nach unten über die Mitte seines Bauches zu seiner Lende führte, wo sein breiter Schwanz steif –

O mein Gott.

Kaylee riss den Blick los, denn Nacktheit mochte ja in Ordnung gehen, aber einem Mann aufs Gemächt zu starren, war nicht ganz sauber.

Außerdem wurde ihr etwas schwindlig.

Er schnappte sich seine Hose vom Boden und warf sie mit wenig Sorgfalt für die teuren Stoffe auf den Rest seiner Sachen. Dann schaute er ein letztes Mal auf und wandte sich ihr zu –

Junge, Junge, und wie er sich ihr zuwandte.

Hirn, stopp. Schlimmes, schlimmes Kaylee-Gehirn!

– und warf ihr ein verlegenes Grinsen zu. „Ruf später an. Sobald ich diese Erkältung los bin, machen wir den Filmmarathon, über den wir gesprochen haben."

Sein nackter Hintern spannte sich an, während er sich von ihr abwandte – *Himmel, sein Arsch ist so was von toll –*

und auf den Rand des kurz gehaltenen Rasens zumarschierte, der an die Wildnis außerhalb des Betriebsgeländes stieß.

Eine Sekunde später war es, als würde man versuchen, eine optische Illusion zu sehen. Ein Schimmer vielfarbigen Lichts waberte, dann streckte sich ein riesiger Eisbär träge, ehe er unter die Bäume trottete.

Kaylee würde niemals genug davon bekommen, seine Verwandlung zu sehen. Aus der Nähe war es sogar noch besser. Sie seufzte noch einmal.

„Kein Problem", flüsterte sie, obwohl das weit von der Wahrheit entfernt war.

Es gab ein Problem. Ein großes, riesiges Problem, zu hundert Prozent auf ihrer Seite der Gleichung. Sie hatte hoffnungslos, hilflos Lust auf einen ihrer besten Freunde. Er hatte nicht nur keine Ahnung, sondern sie war auch noch die Letzte auf der Welt, die er als etwas anderes als eine Freundin in seinem Leben brauchte.

Kein Problem? *Träum weiter*.

2

 ürrisch. Überall Jucken. Angepisst von der Welt.

All diese Gefühle waren stark vertreten, als James sich von Borealis Gems entfernte.

Er sollte jetzt eigentlich glücklich sein wie ein Schwein im Schlammbad. Er hatte eine erfolgreiche Geschäftsreise nach New York hinter sich, hatte ein halbes Dutzend Interviews und Talkshows überstanden und geschickt weitere positive Publicity für das Familienunternehmen platziert.

Jetzt war er daheim und zurück in der Wildnis. Die Wärme der Frühlingsluft legte sich um ihn, und Gerüche füllten seine Nüstern mit grünen, wachsenden Dingen und dem Versprechen eines faulen Tages. Das war das Paradies, und es hätte kurieren sollen, was immer ihn in Beschlag nahm.

Der juckende Schmerz in seinem Nacken war allerdings schlimmer geworden, darum ließ er seine Bärenseite die Kontrolle übernehmen und trottete in die

Richtung, die das Tier vorgab. Die Menschenseite hatte schon genug, mit dem sie fertig werden musste.

Er zuckte mit den großen Schultern, versuchte, diesem Prickeln zu entfliehen. Es war seltsam – er dachte nicht, dass die Meetings, an denen er teilgenommen hatte, so stressig gewesen waren. Eigentlich genoss er den Blick der Öffentlichkeit, was auch der Grund war, weshalb er es machte, und nicht Alex oder Cooper.

Vielleicht brütete er tatsächlich irgendeine Art Shifter-Grippe aus, was wirklich lästig wäre, wenn man bedachte, dass ihre Art nur sehr selten krank wurde.

Mit der Verfassung eines ... nun ja, eines Eisbären und so weiter.

Aber in seinem Hals kratzte es, und obwohl er erwartete, dass sein Geruchssinn unübertroffen war, war ein Geruch einfach nicht ganz richtig. Der süßlich scharfe Duft hatte ihn auf dem ganzen Flug nach Hause genervt. Er hatte nach dem Flug Zeit damit verschwendet, ihm nachzuspüren.

Erst hatte er sich gefragt, ob einer der Großkunden, die er gerade zurück zu ihren Häusern außerhalb von New York geflogen hatte, etwas im Flugzeug zurückgelassen hatte. Aber als er unter allen Sitzen nachgeschaut hatte, hatte er nichts zutage fördern können.

Trotzdem wollte dieser Geruch nicht verschwinden – und ihm wurde davon nicht nur am ganzen Körper heiß, er stellte fest, dass er auch noch in höchst unpassenden Momenten erregt war. Zum Glück war Kaylee etwa zehn Meter über ihm gewesen, während sie sich unterhalten hatten. Das machte es ihnen beiden sehr viel einfacher, seine verdammte Erektion zu ignorieren.

Das war auf keinen Fall das erste Mal, dass es ihm in ihrer Anwesenheit passiert war, aber normalerweise konnte er es mit einem Witz erklären und als Männersache abtun.

Diesmal? Von einem Augenblick auf den anderen und völlig aus dem Ruder, und obwohl er es gern ihr vorgeworfen hätte, kam er normalerweise nicht *so* leicht in Fahrt. Sie hatten vor seiner Arbeit gestanden, hatten über unschuldige Themen geredet, und er war so angetörnt gewesen, dass er sie, wenn sie in Reichweite gestanden hätte, vielleicht gepackt hätte, um die lustgetränkten Gedanken wahr zu machen, gegen die er seit Jahren ankämpfte.

Die Gedanken, die ihm in den letzten Monaten immer wieder gekommen und sich neu geschärft hatten.

Langsam. Mach langsam, rief er sich in Erinnerung.

Langsam gefällt dir nicht, grollte sein Bär. *Dir gefällt Kaylee.*

Schnauze, sagte er zu seinem Bären.

Nein, durch die Büsche zu stromern, war die einzige Möglichkeit, mit dieser Art Frust fertig zu werden.

Als James feststellte, dass seine Beine ihn unwissentlich zurück zum Parkplatz von Borealis Gems getragen hatten, setzte er sich am Rand des Asphalts hin und starrte wütend auf das Fahrzeug vor ihm.

Dummes Bärengehirn. Es gab absolut gar keinen Grund, sich hier neben Kaylees Schrotthalde von einem Truck zu setzen. Der, der James wütend machte, denn jedes Mal, wenn er ihm einen schiefen Blick zuwarf, beharrte sie darauf, dass in dem Fahrzeug locker noch weitere hundert Kilometer steckten.

Zu stur, um ihn aufzugeben, schätzte er. Das verdammte Ding stand für das erste Mal, dass sie sich etwas Größeres selbst gekauft hatte, ohne die Zustimmung ihrer Eltern, als sie sechzehn gewesen war. Er verstand es, das tat er wirklich. Ihre Eltern waren nicht sonderlich toll, und jeder brauchte ein oder zwei Jetzt-erst-recht-Erinnerungsstücke in seinem Leben. Aber eines baldigen Tages würde dieses truckgewordene Stück Scheiße zusammenbrechen, und er würde nicht da sein, um ihren Hintern aus den Schwierigkeiten zu retten.

Er knurrte das Fahrzeug an, richtete sich auf und machte sich auf den Weg nach Hause zu dem kürzlich fertiggestellten Wohngebäude, das den riesigen See überblickte, an dessen Seite Yellowknife errichtet war.

Er musste es aktiv im Kopf behalten, um zu verhindern, dass sein Bär eine Schleife zurückdrehte, darum holte er erst wieder tief Luft, als er in seiner Penthouse-Suite im zehnten Stock ankam und die Tür hinter sich versperrt hatte.

Die Spannungen in seinem Nacken waren heftig und schmerzhaft – das musste doch irgendeine Art Eisbärengrippe sein.

Er ging zum Anrufbeantworter, das rot blinkende Licht lockte ihn. Er hatte ein Handy, aber als Shifter hatte er es nicht immer dabei, und die Leute mussten eine Möglichkeit haben, ihn erreichen zu können. Er war darauf angewiesen, sich mit altmodischer Technologie zu behelfen.

Er drückte auf den Knopf zum Abspielen, rieb sich die Hände über die Brust und über die Arme, weil er hoffte, der Schmerz würde nachlassen.

Es war eine Nachricht von seinem Opa, der Anruf war erst ein paar Minuten her. Er war wohl reingekommen, während er als Bär nach Hause getrottet war.

„James, mein Junge. Du warst in den letzten paar Tagen fleißig. Gut gemacht. Ich habe gerade von unseren potenziellen neuen Investoren gehört. Sie waren sehr beeindruckt von deinem Sales-Pitch." Giles Borealis kicherte, irgendwo zwischen verschwörerisch und erheitert. „Ich habe fast das Gefühl, ich hätte sie vorwarnen sollen, wie überzeugend du sein kannst. Es ist gut, zu wissen, dass du hast, was nötig ist, um diese Firma in die Zukunft zu bringen. Gut gemacht."

Natürlich gut gemacht, dachte James. *Jedes Mal, wenn ich zu einem Meeting gehe, tue ich so, als wäre ich du. Niemand hat eine Chance.*

Er hatte vor, Armbänder mit der Aufschrift *Was würde Opa tun* für sich und seine Brüder zu beschaffen, und eins zusätzlich dem Alten als Weihnachtsgeschenk zu überreichen. Opa würde sich kringeln vor Lachen.

Aber die Nachricht ging weiter.

„Nun, ich habe nicht vor, dir zu sagen, wie du deinen Job erledigen sollst, aber ich will dich daran erinnern, so gut du auch bist, unsere neuen Investoren und Kunden bei Wein und Essen zu überzeugen, bei der nächsten Canada-Day-Gala brauchst du was Hübsches an deiner Seite. Das ist wichtig, James. Bei dieser Party müssen womöglich Verkäufe abgeschlossen werden. Aber das weißt du natürlich alles. Gönne einem alten Mann einfach seine Einmischung. In meinem Leben gibt es nicht mehr viel Besonderes. Ist ja nicht so, als könnte ich mich an irgendwelchen Enkeln erfreuen, und an unserem Familientisch herrscht ein entschiedener Mangel an weiblicher Gesellschaft. Deine Großmutter fühlt sich sehr überwältigt. Jetzt mach schon und finde eine Partnerin, mein Junge."

„Können wir es nicht mal auf sich beruhen lassen", murmelte James dem Anrufbeantworter zu, während sein Opa ein rasches, aber herzliches Abschiedswort sprach, und die Nachricht ein Ende hatte.

Jetzt mach schon und finde eine Partnerin. Als ob der

alte Mann durch seinen Brief, den er früher im Jahr geschickt hatte, nicht schon alles verändert hätte. Das Ultimatum hing seit März über seinem und den Köpfen seiner Brüder.

James ging direkt unter die Dusche, weil er hoffte, brühend heißes Wasser würde vielleicht die Bazillen wegspülen, die derzeit durch seinen Organismus tobten.

Sein zweites Ziel war, seine Laune abzukühlen, denn obwohl er Opa Giles liebte, wusste der alte Mann genau, welche Knöpfe er zu drücken hatte.

Es stimmte – James brauchte jemanden, mit dem er zu der Gala gehen konnte. Er wusste auch, wen genau er neben sich wollte.

Abermals war es teilweise Opa Giles' Schuld.

Als James den Erpresserbrief zum ersten Mal gelesen hatte, war er in Panik verfallen. Erst nachdem er eine gute Woche im Geiste über den Pakt geschimpft hatte, den er mit Alex und Cooper geschlossen hatte, war ihm klar geworden, dass es nicht das Ende der Welt war.

Er war seit der zweiten Klasse mit Kaylee befreundet. Er hatte ein immer größeres sexuelles Interesse an ihr entwickelt, seit sie Teenager gewesen waren, aber ihre Freundschaft war zu wertvoll gewesen, um sie aufs Spiel zu setzen, indem sie vorübergehend miteinander gingen.

Doch falls er sein Leben mit einer Frau verbringen musste? Er würde sie jederzeit nehmen. Klug, schön, sich nicht zu schade, ihm zu sagen, wenn er falsch lag. Sie war alles, was er brauchte. Darüber hinaus waren sie bereits gute, sehr gute Freunde – was bedeutete, sobald sie sich paarten, würden sie für immer Freunde bleiben.

Sie war perfekt.

Widerstrebend musste er zugeben, dass Opas Brief ihm geholfen hatte, sich darüber klar zu werden.

Nur dass er, seitdem er beschlossen hatte, dem Schicksal das Ruder aus der Hand zu reißen und sich seine Partnerin *auszusuchen*, jedes verdammte einzelne Mal eine Abfuhr erhalten hatte. Im Lauf der letzten drei Monate hatte er ihr Avancen gemacht, auf eine lockere „warum finden wir nicht raus, wo das hinführen kann?"-Art.

Er hatte es mit Flirten probiert. Sie hatte gelacht und die Augen verdreht.

Er hatte versucht, ihr ganz nebensächlich über den Arm zu streichen, während sie einen Film geschaut hatten. Kaylee hatte ein Kissen genommen und eine Kissenschlacht begonnen.

Es schien, ganz gleich, was er versuchte, um ihre Beziehung auf eine neue Ebene zu führen – ohne sich dabei wie ein Ekel zu benehmen –, sie weigerte sich immer noch, in ihm etwas anderes zu sehen als einen Kumpel.

Er würde nicht aufgeben, aber verdammt ... dieser Mangel an Fortschritt war nicht leicht für sein männliches Ego.

James seufzte schwer. Tatsächlich war es so, wenn sie ihn wirklich nicht als mehr als nur einen Freund wollte, würde er sie ja nicht bewusstlos schlagen und zwingen.

Sanftes Schlagen ist in Ordnung, merkte sein Bär an.

Nein. Überhaupt kein Schlagen ist in Ordnung, fuhr er ihn an.

Dummer Bär.

Erst als das heiße Wasser über ihn strömte und er sich einseifte, wurde ihm klar, dass sein Schwanz wieder stand, als wolle er winken, um seine Aufmerksamkeit zu erlangen.

Nur ein völlig Kranker würde von einer Erkältung heftige Ständer kriegen, erklärte ihm sein Bär trocken. Er war dreister als üblich – vermutlich angepisst, weil er ihm gesagt hatte, Schlagen käme nicht in Frage.

Schnauze, sagte er zu seinem Bären.

Die Bestie war beleidigt genug, um still zu bleiben, aber was er ungesagt ließ, heulte laut wie ein Schlossgespenst.

Was mit seinem Körper geschah, war nicht normal. James' Kopf war allerdings wie mit Watte ausgestopft, und er konnte sich irgendwie nicht erinnern, weshalb das nicht normal war.

Er legte die Hände um seinen Schwanz, wollte den Druck etwas abmildern, aber das erste Bild, das ihm in den Sinn kam, während er an sich zu arbeiten begann, war das letzte Mal, als er einen Blick darauf erhascht hatte, wie Kaylee sich zum Verwandeln auszog ...

Er senkte die Temperatur der Dusche und zwang seine Hände, loszulassen. Selbst als die Temperatur so niedrig eingestellt war, wie es ging, schien die Hitze in seinem Körper immer noch anzusteigen.

James gab frustriert auf, war tropfnass, während er durch sein Schlafzimmer stapfte. Er zog Jeans an, knurrte laut, während er seinen immer noch steifen Schwanz hinter einen Reißverschluss schob, der drohte, sich auf der gesamten steinharten Länge einzutätowieren.

Er stapfte ins Wohnzimmer und schaltete zur Ablenkung den Fernseher ein.

Schlechte Idee.

„Was zum ...?"

Der extragroße Bildschirm zeigte zwei Körper, die sich auf einem Bett wälzten. Ehe James blinzeln konnte, hatte sich die Frau nach oben gerollt, ihr üppiger Oberkörper wogte, ihre Hüften bewegten sich auf den Lenden des Mannes, während ihr langes braunes Haar ihren Rücken hinabfiel, geradezu ein Ebenbild von Kaylee, wie sie aussehen würde, wenn ...

„Es reicht", brüllte er.

Er stapfte in die Küche, achtete nicht auf den Klang der Stimme seiner Mutter in seinem Kopf, die ihn tadelte, dass sie Bären aufzog, keine Elefanten.

Obwohl es zu früh am Tag war, um mit dem Trinken anzufangen, griff er nach einem Bier. Er öffnete es und stand an der offenen Kühlschranktür, die kühle Luft zog über ihn hinweg, während er den Kopf in den Nacken legte und den Inhalt austrank.

Einen Augenblick später wirbelte er zur Spüle herum und spuckte, Flüssigkeit schwappte an die Seiten und tropfte ihm übers Kinn.

„Was zum Teufel?"

Er beäugte das Bier und schnupperte dann argwöhnisch daran.

Gagrrh.

Seit wann wurde denn Alkohol schlecht? Aber die Flüssigkeit roch schrecklich, und sie schmeckte noch schlimmer.

Er kippte die Flasche in die Spüle und holte sich eine weitere. Dieses Mal öffnete er es vorsichtiger, roch nur leicht daran.

Galle stieg in seiner Kehle auf. Er erinnerte sich daran, etwa fünf Jahre alt zu sein und gezwungen zu werden, einen Teller voller Leber und Bohnen zu essen.

Eine weitere Flasche ging in die Spüle.

James spülte die Spüle aus, und dann, während er das Wasser noch laufen ließ, schnappte er sich den beweglichen Wasserhahn und ließ den kalten Strahl direkt in seinen Mund spritzen. Das schmeckte zum Glück zumindest gut.

Nur, ganz gleich, wie viel er trank, es schien, als ließe sich sein Durst nicht stillen.

So ungefähr wie letztes Jahr, Dummkopf, drängte ihn sein Bär energisch.

Schnau...

James erstarrte.

Das Wasser, das er auf seinen Mund gezielt hatte, ging in die falsche Richtung, spritzte über sein ganzes Gesicht und den Oberkörper, durchtränkte das T-Shirt, das er frisch angezogen hatte.

Es hatte eine Weile gedauert, aber schließlich drang es in seinen dicken Schädel ein, dass das kein normaler Erkältungsbazillus war. Es war das Paarungsfieber.

Er drehte den Wasserhahn ab. Ging zur Eingangstür und überprüfte das Schloss und das Sicherheitssystem. Jede Aufgabe ging er methodisch und mit großer Konzentration an, ehe er das Zimmer durchquerte und sich auf der Couch niederließ.

Stille senkte sich herab. Er lehnte sich an das weiche Leder zurück und starrte an die Decke empor.

Paarungsfieber.

Das Grinsen, das ihm kam, war ausladend und befriedigend. *Endlich.*

Endlich konnte er der Frau nachstellen, die er unbedingt zu der Seinen machen wollte. Jetzt würde sie ihm nicht einfach sagen können, dass er nur Spielchen spielte, nicht, wenn er deutlich machte, dass sie jede Antwort auf jede Frage war, die jemals gestellt worden war.

Wenn sie ihn nur annähernd so sehr wollte wie er sie, wäre das der Anfang von einer verdammt fantastischen Ewigkeit.

3

———

Verdammter Bär.

Stunden waren vergangen, doch sie hatte immer noch Tagträume von James.

Kaylee hatte eine Rundreise nach draußen unternommen, um seine Kleider zu holen und den Stapel in ihrem Truck unterzubringen. Dann tat sie, was er vorgeschlagen hatte, und schoss Bilder im Außenbereich von Borealis Gems, ehe das Wetter umschlug.

Erst eine Stunde später schlüpfte sie zurück in das Gebäude und hinauf ins Büro, um nach ihrer besten Freundin zu sehen.

Amber Myawayan lächelte hinter dem Schreibtisch der Chefsekretärin im Hauptbüro hervor. Ihre Augen glänzten, und sie vibrierte mehr oder weniger auf ihrem Platz.

„Weshalb bist du so aufgeregt?", fragte Kaylee.

„Ich habe einen weiteren Hinweis auf meinen Bruder gefunden", erklärte ihr die Frau mit den ebenholzschwarzen Haaren, während sie mit einem dünnen Blatt Papier in der Luft wedelte. Dann krümmten sich ihre Lippen, und sie zog eine Grimasse, ein trauriges Seufzen entwich ihr, ehe sie weiter beichtete: „Es ist kein sonderlich *guter* Hinweis, aber es ist besser als nichts, und ich habe schon so lange gewartet, dass sich etwas tut. Vielleicht finde ich ihn dieses Mal tatsächlich."

Kaylee trat auf ihre Freundin zu. In Ambers tiefbraunen Augen stand große Hoffnung, und es stand nicht zur Debatte, ihr etwas von dieser Freude zu nehmen. Ganz gleich, dass bisher am Ende einer jeden von Ambers Suchaktionen eine Sackgasse gewartet hatte, seit sie vor zwei Jahren nach Norden gekommen war, um nach ihrem einzigen verbliebenen Familienmitglied zu suchen.

„Wenn ich etwas tun kann, um zu helfen, lass es mich wissen", sagte Kaylee mit so viel Begeisterung, wie sie aufbringen konnte.

„Ich weiß, du willst nicht, dass ich wieder enttäuscht werde, aber ich muss weiter hoffen." Amber beugte sich zu Kaylee, ihre langen Haare fielen nach vorn, während der Schalk in ihren Augen glitzerte. „Du hast auch ein Geheimnis. Spuck es aus", forderte sie.

Einen panischen Augenblick lang fragte sich Kaylee, ob sie laut über James geredet hatte, dann wurde ihr klar, dass Amber sich auf die Nachricht bezog, die sie ihr früher am Tag geschickt hatte.

Es gab Geheimnisse, und dann gab es *Geheimnisse*.

Ihre ewige Verliebtheit in James war eine Privatangelegenheit, aber in letzter Zeit hatten geflüsterte Gerüchte in der Luft gelegen. Gerüchte, die an Kaylees Ohren gedrungen waren, über die Borealis-Familie und einen möglichen feindlichen Übernahmeversuch von Borealis Gems.

Alles, was ihre Wahlfamilie betreffen mochte, würde nicht in den Schatten verborgen bleiben. Nicht, wenn sie es ändern konnte.

Kaylee trat zum Schreibtisch und senkte die Stimme. „Ich hatte Kontakt mit dieser gewissen Person, von der du dachtest, es wäre gut, mit ihr zu reden."

Die Augen ihrer Freundin wurden groß. „Diese gewisse Person weiblicher Natur, die für *du-weißt-schon-wen* arbeitet?"

„Bei *du-weißt-schon-was*?" Kaylee neigte das Kinn. „Sie sagte, sie wolle sich mit uns treffen."

Amber legte den Kopf auf eine Seite, wirkte von oben bis unten wie die personifizierte Unschuld. „Natürlich möchte sie das. Wer würde sich denn nicht mit zwei kaum furchteinflößenden, vollkommen wunderbaren Frauen wie uns treffen wollen?"

Kaylees Lippen zuckten zu einem Lächeln hoch, so sehr sie auch verhindern wollte, dass das passierte. „Ganz zu schweigen von der Tatsache, dass du hüfthoch in Kontakt mit einem der wichtigsten Leute bei Borealis Gems stehst."

„*Du* steckst vielleicht bis zur Hüfte drin", verbesserte Amber. Eine Falte bildete sich zwischen ihren Augenbrauen. „Du und James seid schon ewig befreundet. Du weißt genauso gut wie ich, wenn du ihm sagst, dass du wichtige Neuigkeiten hast, hört er dir gern zu. Ich bin recht neu hier, und ich arbeite nur für die Firma. Mir glauben sie vielleicht nicht."

Das sah Kaylee anders. Amber war ein Mensch, dem die meisten Leute vom allerersten Moment an trauten. Sie dagegen wurde von anderen sehr wahrscheinlich mit nur einem Blick bedacht, und dann vergaßen sie, dass es sie überhaupt gab. Die meiste Zeit über war das ganz in Ordnung so.

Außer ... verdammt, sie wünschte sich eben *doch* etwas anderes, denn dann, dann wäre sie vielleicht würdig gewesen, für James etwas mehr als nur eine gute Freundin zu sein. Dann könnten sie ein tiefgehendes Verhältnis haben.

So richtig tiefgehend. *O ja ...*

Die Tür zum Gang öffnete sich, und sie fuhren beide hoch – in Kaylees Fall wegen ihres schlechten Gewissens, weil sie schmutzige Tagträume von ihrem besten Freund gehabt hatte, während sie im Hauptbüro der Familienfirma stand.

Sie war erleichtert, als sie den Mann erkannte, der durch die Tür kam. In seinen leuchtenden Augen glitzerte Intelligenz, das silberne Grau seiner Haare verstärkte nur sein gutes Aussehen. Giles Borealis, Sr. marschierte herein, als würde ihm alles gehören – *das tat es auch buchstäblich* –, eine Hand auf dem Gehstock, von dem Kaylee überzeugt war, dass er eher als Vorzeigeobjekt diente denn als irgendetwas sonst.

Einem lässig-eleganten Mann seines Alters stand ein Gehstock einfach, doch sie würde niemals laut sagen, dass ihnen der Patriarch von Borealis Gems nur etwas vorspielte.

Obwohl er das absolut tat, und das wusste sie.

„Sieh einer an, wenn das nicht zwei der schönsten Frauen auf der ganzen Welt sind. Es bricht mir das Herz, wenn ich euch sehe. Mein Puls geht gleich schneller, und als Mann wünscht man sich da, man wäre fünfundzwanzig Jahre jünger."

Amber schlüpfte hinter den Schreibtisch, als würde sie eine Barriere zwischen sich und dem älteren Herrn errichten. Sie spielte mit ihrem Notizblock und dem Telefon herum, sah ihm nicht in die Augen, und nur Kaylee erwischte ihre Freundin beim Lächeln. Dem Lächeln, das sie vor dem Familienpatriarchen verborgen halten wollte. „Hätte Ihre Frau dazu nicht etwas zu sagen?"

Giles Borealis machte ein wegwerfendes Geräusch.

„Oh, Sie können sich sicher sein, dass ich mich trotzdem noch in meine Laureen verlieben würde, aber ich hätte Sie nur zu gerne einigen Freunden meines jüngeren Ichs vorgestellt. Wundervollen Gentlemen, die Damen wie Sie ausführen würden, anstatt Sie die ganze Zeit im Büro schmoren zu lassen." Er wedelte mit dem Finger in Ambers Richtung, die sich auf ihren Stuhl gesetzt hatte und ihn nun freundlich anlächelte. „Ich weiß, dass Sie einen wichtigen Job haben, dass Sie sehr beschäftigt sind, aber das ist keine Ausrede, um jeden Abend zu Hause zu bleiben."

Eine von Ambers Augenbrauen ging nach oben. „Woher wollen Sie denn wissen, wie ich meine Abende verbringe?"

Ein schnaubendes Lachen entwischte Kaylee, ehe sie es zurückhalten konnte.

Schlechte Entscheidung. Mr. Borealis wandte seine scharfe Aufmerksamkeit ihr zu. „Und Sie", sagte er, ohne auf Ambers Frage einzugehen. „Weshalb sehe ich nicht, dass Sie sich mit einem anständigen jungen Mann zusammentun? Es ist an der Zeit, dass Sie mal in die Gänge kommen, junge Dame. Sie sind schön, und Sie haben Talent." Er deutete auf das Familienfoto, das hinter ihm an der Wand hing, dasjenige, das Kaylee bei einem Familienpicknick vor zwei Jahren aufgenommen hatte. Er tippte mit dem Fingernagel aufs Glas. „Wenn Sie mir grünes Licht geben, mache ich den Kredit frei, um Ihnen zu Ihrem eigenen Fotostudio zu verhelfen."

„Mr. Borealis, Sie können doch nicht einfach ..."

Er wedelte vor ihrem Gesicht mit einem Finger, ohne ihren Blick loszulassen, obwohl er kein Wort sagte.

Der ist ja unterhaltsam, murmelte ihre Katze leise. *Kätzischer, als es ein Bär sein sollte.*

Kaylee fand keine Gegenargumente. An der Neugier

dieses Mannes war etwas sehr Katzenhaftes – und er war stur.

Er hatte sie in dieser Sache bereits viel zu oft zurechtgewiesen. „*Opa* Giles. Sie können nicht einfach herumspazieren und diese Art Geschäftsbeziehung anbieten."

„Als ob ich das nicht könnte", knurrte er. „Ich erkenne eine gute Investition, wenn ich eine sehe. Ihre Arbeit wird Sie noch weit bringen, und jeder, der einen Vorwurf daraus strickt, dass man da ein bisschen Trittbrett fahren möchte, hat überhaupt keinen Sinn fürs Geschäft." Er verschränkte die Arme vor der Brust und neigte den Kopf, als wäre das das Ende der Unterhaltung. Sein Blick glitt zurück zu Amber. „Ich bin gekommen, um die unterzeichneten Papiere von den Jungs abzuholen."

Ambers Wimpern flatterten einen Augenblick lang. „Oje. Sie sind nicht fertig. Ich meine, Cooper und Alex haben beide unterschrieben, aber James ist noch nicht zurück von ..."

Verflixt.

„James ist zurück", unterbrach Kaylee. „Aber er ist direkt nach Hause gegangen. Es tut mir leid, das wollte ich hier melden."

Opa Giles schnalzte mit der Zunge, Sorgen wischten seine fröhliche Miene weg. „Ich brauche diese Papiere. Ich treffe mich in einer guten Stunde virtuell mit den Investoren, und ich brauche auf jeden Fall alle Unterschriften auf dem Papier."

Amber kaute auf ihrer Unterlippe, offensichtlich eingeschüchtert, während sie die Papiere auf ihrem Schreibtisch neu ausrichtete und gerade rückte. „Ich habe später einen Termin. Ich wurde eingeladen, zu diesem Schlittenhunde-Verein zu gehen. Sie wissen schon, dem, wo sie die Gespanne auf Gras laufen lassen? Ich will nicht absagen, aber wenn ich muss ...“

„Nein. Mach dir darüber keine Sorgen. Ich kann helfen“, bot Kaylee an.

Der Wandel bei Opa Giles war verblüffend. Die Traurigkeit in seinen Augen verschwand von einer Sekunde auf die nächste. Er richtete sich auf und betrachtete sie wohlwollend. „Würdest du das wirklich tun? Oh, du hast keine Ahnung, wie sehr mir das helfen würde. Ich kann die Investoren bei unserer Konferenzschaltung schon bei Laune halten, wenn du James’ Unterschrift schnell genug besorgst.“

Während einige Dinge ihre Fähigkeiten überstiegen, konnte sie das auf alle Fälle erledigen. „Das ist gar kein Problem. Ich wollte sowieso sichergehen, dass er sich gut um sich kümmert.“

Neugier und Sorge verdüsterten Opa Giles’ Augen abermals. „Fühlt er sich nicht gut?“

„Er glaubt, er hat sich bei der Investorengruppe, die er nach Hause geflogen hat, eine Erkältung eingefangen. Entweder das, oder die Grippe, die in der Stadt umgeht.“

Opa Giles nickte langsam. „Ganz schön gefährlich, diese Sommergrippen. Und ich kenne doch meine Enkel – vernachlässigen immer ihre Gesundheit. Gut, dass du bei ihm vorbeischaust. Jemand muss nachsehen, dass er auf sich achtet und viel Ruhe bekommt.“

Amber hatte fleißig im Hintergrund gearbeitet. Sie schob die Papiere in einen Ordner und reichte ihn Kaylee. „Seite 4. Sobald er unterschrieben hat, mach ein Foto und schick es mir. Ich habe Zeit, mich um den Rest zu kümmern, ehe ich zu den Schlitten fahre.“

„Wunderbare Frauen“, merkte Opa Giles an, als

würden sie dasitzen und ein Gebet aufsagen, „die Welt wäre ohne euch ein sehr viel traurigerer Ort."

Kaylee tauschte insgeheim ein Lächeln mit Amber aus, ehe sie sich den Ordner schnappte und aus dem Zimmer glitt.

Draußen war der blaue Himmel hinter einem Wolkenhaufen verschwunden, der brodelte, als wäre er eine Zeitrafferfotografie. Der drohende Sturm war nicht mehr nur eine Möglichkeit.

Ihre innere Katze warf einen Blick nach oben, erschauerte, dann verzog sie sich. Versteckte sich mit einem unfassbar selbstsüchtigen Selbsterhaltungstalent vor dem bevorstehenden Regen.

Danke aber auch, murmelte Kaylee.

Ein schwaches Echo antwortete ihr, größtenteils steif, aber mit dem leichten Hauch einer Entschuldigung. *Du hast dich entschieden, nach draußen zu gehen. Du hast dich entschieden, nass zu werden, nicht ich.*

Schon wahr. Aber manchen Dingen musste man sich stellen, und sich nicht vor ihnen verstecken.

Kaylee packte den Ordner und rannte zu ihrem Truck.

Trotz ihrer furchtbaren Vorgeschichte mit Wetterkapriolen war es, als auf der kurzen Fahrt hinüber zu James Wohnung die ersten großen Tropfen auf ihre Windschutzscheibe prasselten, nicht Angst, weswegen ihr Herz aus dem Tritt geriet.

Irgendwie hatte sie das Gefühl, als stünde ihre Welt kurz davor, aus den Fugen zu geraten und zu etwas Neuem zu werden. Etwas Riesigem und Erderschütterndem.

Sie parkte auf dem erstbesten Platz gleich neben der Tür. Noch wohnte niemand sonst in dem Gebäude, was bedeutete, dass sie nur ein paar Meter vom Eingang entfernt war. Kaylee schob ihre Tür auf und fing sie kaum rechtzeitig auf, als der heulende Wind hereinfuhr, um sie ihrem Griff zu entreißen. Ihre Haare waren sofort klatschnass, Regen trommelte auf ihre Haut. Der Stoff ihrer Jacke und ihre Haare flatterten unbeherrscht wie Peitschen.

Stürme machten ihr Angst, seit sie im Alter von zehn Jahren in einen hineingeraten war, als ihre Eltern sie achtlos aus dem Haus ausgesperrt hatten, während sie ohne Vorwarnung zu einer Erkundung losgezogen waren.

Ihre Katze hatte jeden Augenblick dieser Situation verabscheut. Sie waren nass und kalt und eingeschüchtert gewesen, und nur ihr inneres Tier hatte ihr die Kraft verliehen, mit der Tatsache fertig zu werden, wie stocksteif sie dabei geworden war.

Wenn man es sich genau überlegte, war das vermutlich der letzte Zeitpunkt gewesen, an dem das Tier willens gewesen war, sich mit dieser Art Stress zu befassen, und Kaylee nahm es ihm nicht übel.

Das Prickeln in ihrem Körper hatte nichts mit den Erinnerungen zu tun, vor langer Zeit einen Sturm ganz allein versteckt in einem rüttelnden, instabilen Baumhaus verbracht zu haben, sondern damit, dass sie ihren Daumen auf das Sicherheitsschloss legte, zu dem James ihr erst vor ein paar Wochen Zugang gewährt hatte. Es hatte alles damit zu tun, dass sie tropfend zum Fahrstuhl ging und auf den Knopf ,Penthouse-Suite' drückte.

Denn so töricht es auch war, ihr Herz hoffte auf das, was niemals sein konnte.

4

Hitze. Pulsierende Hitze. Sie legte sich um seinen Körper und schob ihre Tentakel in sein Gehirn, schickte seine Gedanken in eine Million Richtungen.

James saß auf seinem Sofa und starb eine Million Tode. Er hatte ein halbes Dutzend Mal nach seinem Telefon gegriffen, ehe er die Hand mit einem Ploppen wieder auf den Ledersitz neben sich fallen gelassen hatte. Es musste etwas mit dem Fieber zu tun haben, seine mangelnde Fähigkeit, sich ausreichend zu konzentrieren, um den nächsten Schritt zu gehen. Wen würde er anrufen, und was sollte er sagen?

Seine Brüder? Zum Teufel, die würden loslachen, direkt bevor sie ihn ermahnten, dass mehr auf dem Spiel stand als nur seine Freiheit – und um ihn an ihren Pakt zu erinnern.

Kein Meiden des Paarungsfiebers. Nun, er hatte nicht vor, es zu meiden, aber verdammt, wenn er nur gewusst hätte, was er als nächstes tun sollte.

Kaylee musste hier auftauchen, damit er mit seinem

großen Masterplan loslegen konnte, dem Schicksal eine lange Nase zu machen, und sich seine eigene Partnerin aussuchen, aber ernsthaft, was sollte er denn zu ihr sagen?

Kaylee? Hey, Hi. Sieht so aus, als hätte mich das Paarungsfieber erwischt, und ich habe mich gerade gefragt, ob du Interesse daran hättest, hier rüberzukommen, damit ich mich mit dir vergnügen kann. Vermutlich für immer.

Ja. Wenn man ihre frühere Reaktion auf seine Flirtversuche bedachte, würde so eine offene Bitte bestimmt richtig gut laufen.

In diesem Stadium des Spiels wusste er noch, was los war. Sein Gehirn funktionierte noch, obwohl die ursprünglichere Seite allmählich übernahm, und zum Höhepunkt des Fiebers, zumindest laut der Gerüchte, die er gehört hatte, würden die tierischen Triebe die völlige Oberhand gewinnen.

Auf eine gute, positive Art, was den Sextrieb betraf. Abermals nur Gerüchte, denn seine Erinnerungen an das letzte Jahr waren vernebelt.

Er hatte das große Glück gehabt, ganz allein in der Wildnis auf einem Angelausflug zu sein, als das Fieber ihn erwischt hatte. Er hatte mehr oder weniger überlebt, indem er sich in seine Bärengestalt verwandelt und den Großteil der Woche über im Fluss gesessen hatte.

War kein Spaß, erinnerte ihn sein Bär.

Das hier wird auch keiner, setzte er die Bestie in Kenntnis. Nicht, wenn er nicht schnell Kaylee mit an Bord holte.

Sein inneres Tier zog eine Schnute, ehe es einen genialen Ratschlag aufbot. *Ruf Kaylee an. Ihr könnt Sex haben. Jede Menge Sex. Würde Spaß machen.*

Würde es. Diesmal stimmte er der Bestie völlig zu.

Ein rasches Klopfen an der Tür durchbrach sein Brüten.

Er blinzelte überrascht, als er feststellte, dass es im Zimmer dunkel geworden war, obwohl es noch nicht mal fünf Uhr war. Regen hämmerte an die Fenster, die die Seite des Penthouse säumten, ein starker Wind rüttelte sogar den soliden Bau seines Multi-Millionen-Dollar-Heims in der Suite im zehnten Stock durch.

Er beugte sich vor, schob sich mit einem schabenden Geräusch vom Sofa, als hätte er angefangen, mit der ledernen Oberfläche zu verschmelzen.

Das Hämmern an der Tür wurde lauter, es ging ihm auf die Nerven. Er war versucht, an seine Seite der Tür zu hämmern. Um zu sehen, wie es dem anderen gefiel, wenn jemand so einen lästigen Lärm veranstaltete.

„Was?", rief er schlecht gelaunt.

„Ich bin's, Kaylee. Mach auf. Ich erfriere hier."

Seine Hand war bereits auf dem Schloss, drehte es und öffnete, aber beim Klang ihrer Stimme wurde er reglos. Bis auf seinen Schwanz – das verdammte Ding richtete sich in der Enge seiner Jeans auf, signalisierte seinen Wunsch, gleich zur Tat zu schreiten.

Das war es. Das war, was er sich die ganze Zeit erhofft hatte, und doch zögerte er. Nicht, weil er bereits teilweise ausgezogen war und sein Schwanz parat stand wie eine hitzesuchende Lenkrakete.

Bei dem Bild, wie sein Schwanz in Kaylees Wärme eindrang, entwich ihm ein frustriertes Stöhnen, das laut genug war, um die Wände erzittern zu lassen.

Das Klopfen hatte ein Ende, und die Sorge in Kaylees Stimme wurde deutlich. „James. Was ist los? Tut dir was weh?"

Die Tatsache, dass sie klang, als wäre sie bis aufs

äußerste verängstigt, war der einzige Grund, aus dem er es schaffte. Er löste den letzten Riegel und zog die Tür zu sich. Nicht mehr als zwei Zentimeter allerdings, mit dem Fuß unten angestellt, als ob das genug wäre, um sie draußen zu verbarrikadieren, bis er sich wieder unter Kontrolle hatte.

„Ich bin krank, weißt du noch?", knurrte er.

Wenn er vielleicht den griesgrämigen Bastard gab, würde sie wütend werden und so laut schreien, dass sein Ständer aufgab.

Er wurde von einem Anblick begrüßt, bei dem er die Tür sofort ganz aufriss. Kaylee war von Kopf bis Fuß durchnässt, ihr T-Shirt klebte ihr an der Haut. Ihr Haar lag in klatschnassen Kringeln auf ihrem Gesicht, und der warme Kupferton ihrer Haut war zu einem ungesunden Grau verblasst.

Sie zitterte so sehr, dass sogar ihre Zähne klapperten, aber sie hielt ihm trotzdem noch einen regennassen Aktenordner hin. „Du m…m…musst d…d…diese Pap…p… iere unterschreiben."

Ihr ganzer Körper schüttelte sich, sie konnte sich kaum aufrecht halten.

Verdammt. Verdammt, verdammt, verdammt.

James biss die Zähne sorgsam aufeinander, damit er sich nicht die Zunge abbiss, dann nahm er sie in die Arme und trug sie in die Wohnung.

O mein Gott. Weiche Haut lag eiskalt unter seinen Fingern, das Gewicht ihres Körpers drückte sich fest an ihn. Ihr Atem war warm an seinem Hals, während sie ihm ihr Gesicht zuwandte und sich an ihn schmiegte.

James begann lautlos zu fluchen. In alphabetischer Reihenfolge. Auf kreative Weise.

Er nahm ihr den Ordner aus den Fingern, warf ihn auf den Tisch, an dem sie vorbeikamen, während er direkt ins

Bad marschierte. Er stellte ihre Füße auf den Boden, indem er sie frei schüttelte, und drehte das Wasser an. Er war Gentleman genug, um die Spritzer aus kaltem Wasser mit seinem Rücken abzuhalten, aber sobald es wärmer wurde, trat er zur Seite.

„Bleib dort", befahl er.

Er drehte sich um, um zu gehen – und erstarrte. Das allerseltsamste Gefühl war gerade über seine Haut geglitten. Am ehesten konnte er es damit vergleichen, als ob sie zwei Teile eines Reißverschlusses wären, und er tatsächlich die Verbindung zwischen ihnen lösen musste, einen Zahn nach dem anderen, um wegzutreten.

Komisch.

Er ignorierte das seltsame Zupfen und ging entschlossen zu seiner Kommode.

Er hatte definitiv die Absicht, es durchzuziehen und Kaylee zu der Seinen zu machen, aber verdammt sollte er sein, wenn er sich dabei wie ein Tier anstellte.

Bin ein Tier, erinnerte ihn sein Bär. *Zum Teil.*

Schnauze.

Nur als Hinweis ...

Trockene Jeans. Trockene Socken. James schnappte sich ein T-Shirt und zog es an. Dann einen Pullover und ein Kapuzenshirt – nur für den Fall, dass zusätzliche Schichten zwischen ihnen als Abwehr dienen würden. Wären seine Winterkleider nicht verstaut gewesen, hätte er sich einen Parka übergeworfen.

Erst als er in Schichten wie in eine richtiggehende Rüstung gekleidet war, wagte er es, zurück ins Bad zu gehen.

Kaylee hatte sich ihre nassen Sachen ausgezogen und sie in das Becken gelegt. Ihre Arme waren um den Körper geschlungen, und sie stand direkt unter dem Duschkopf.

Ihr Gesicht war nach oben gewandt, in Richtung des fallenden Wassers, als wäre sie eine Nymphe, die den Regengöttern huldigte. Ihre nassen Haare lagen in welligen Strähnen über den Schultern, Wasser strömte über ihren Körper und ihre Haut hinab.

Er wusste nicht, ob er den Dampf, der eine undurchsichtige Oberfläche auf der gläsernen Duschkabine hinterließ, segnen oder verfluchen sollte, sodass er nur Schattenbilder anstatt der klaren, lustauslösenden Perfektion sah.

Aber verdammt sollte er sein, wenn er den Blick abwenden konnte. „Was ist in dem Ordner?"

Kaylee riss die Hände hoch, um sich zu bedecken, ihr Kopf fuhr zu ihm herum, in ihren Augen stand Panik.

Er drehte sich absichtlich um, bis er ihr den Rücken zuwandte, um ihr Privatsphäre zu gewähren.

Nur dass er, verschlagen, wie er eben war, ihr Spiegelbild in dem kleinen Spiegel über dem Tresen sehen konnte.

Der gute Teil daran, ein masochistisches Arschloch zu sein, war, dass der schnelle Blick ihm zeigte, wie ihre Anspannung nachließ, ihre Schultern sich entspannten. „Papiere, die auf deine Unterschrift warten, sobald es möglich ist. Ich habe versprochen, sie dir vorzulegen und dann ein Foto zurück zu Amber ins Büro zu mailen."

„Ich kümmere mich darum", grollte er, dann floh er aus dem Raum.

Abermals traf ihn dieses seltsame Gefühl, sich abzulösen, als er sich wegbewegte, diesmal stärker. Er zwang seine Aufmerksamkeit auf die Papiere, ehe er sie in den Scanner warf und sie zur Arbeit schickte.

Nun gab es nur noch sie und ihn und das Fieber.

Nachdem Kaylee sich aufgewärmt hatte und aus der

Dusche heraustrat, würde er ihr trockene Kleider leihen. Dann würden sie sich wie vernünftige Erwachsene ins Wohnzimmer setzen und über die Zukunft reden.

Nein. Bessere Idee, schlug sein Bär vor. *Du fühlst dich nicht gut. Solltest ins Bett gehen.*

Es war genial. Es war perfekt. Er war tatsächlich leicht überrascht, dass sein Bär das zur Sprache gebracht hatte. Natürlich. Sie wäre angezogen, er wäre unter der Decke. Das würde ihnen viel Raum lassen, um über die Fakten zu sprechen.

Er zog sich alle Schichten aus, die er trug – *warum zum Teufel trug er einen Pulli und ein Kapuzenshirt?* – und kroch nackt ins Bett. Er zog sich die leichte Decke über die große Gestalt und versuchte, sich perfekt zu positionieren, sodass Platz für Kaylee blieb, um sich neben ihn zu setzen und zu reden, wenn sie bereit war.

Wie Freunde. Wie alte Freunde, die einander sehr wichtig waren.

Wie alte Freunde, die einander die ganze Woche lang das Hirn wegvögeln würden.

Glückliches Seufzen.

Er lag mit halb geschlossenen Augen da, versuchte, sich auf das Ganze vorzubereiten. Verlagerte sein Gewicht, um den Druck von seinem Schwanz zu nehmen, der mehr oder weniger vor Dringlichkeit pochte.

Die Dusche hörte auf. Die Bilder, die in seinen Gedanken aufkamen, ließen sich nicht abhalten. Kaylee, wie sie sich ein Handtuch schnappte. Kaylee, wie sie mit der weichen Baumwolle über ihre glatte Haut strich, ihre Brüste, zwischen ihren Beinen.

Er rollte sich leicht herum, damit sein Schwanz mehr Platz hatte.

Die Tür öffnete sich, nahezu lautlose Schritte betraten

das Zimmer.

Augen schließen, schlug sein Bär vor.

Genial, erwiderte er.

Er schloss sie, folgte Kaylees Bewegungen allein anhand des Klangs. Ein Versteckspiel, genauso, wie damals, als sie jung gewesen waren. Sie würde ihn nie sehen, wie er so reglos hier lag. Nicht bis zu dem Augenblick, an dem er bereit war, herauszuspringen und sie zu überraschen.

Die Schubladen seiner Kommode öffneten sich, dann schlossen sie sich. Es gab eine Pause, dann kamen Kaylees Schritte auf das Bett zu. Blieben stehen.

Sie roch – *o mein Gott,* sie roch herrlich. Er holte tief Luft und stieß sie langsam wieder aus, sabberte mehr oder weniger, da ihr Geruch in der Luft lag.

Sie trat näher.

Er öffnete ein Auge ganz leicht.

Das – dieser eine einzige Augenblick – war sein Untergang.

Kaylee hatte sich ein Handtuch um die Haare gewickelt, und sie hatte sich eins seiner T-Shirts aus der Schublade genommen und es übergeworfen. Das Licht aus dem Gang fiel durch den abgewetzten Stoff, sodass die Silhouette ihres perfekten Körpers sichtbar war, als sie sich drehte. Überall Kurven und Grübchen und üppige Frau.

Der Teil seines Gehirns, der normalerweise dafür gesorgt hätte, dass er die Oberhand behielt, brannte aus, als die Hitze durch ihn hindurch wogte.

Er öffnete beide Augen, und ein tiefes Knurren entwich ihm. Kaylee wirbelte auf der Stelle herum, das T-Shirt hob sich kurzzeitig, um noch mehr von ihren langen Beinen zu enthüllen, und er konnte einfach nicht widerstehen.

James stieß eine Hand vor und schnappte sich ihr Handgelenk, sodass sie festsaß.

5

———

Verdammter Bär.

Sie war neunundneunzig Prozent sicher gewesen, dass James eingeschlafen war. Dass sein Arm so plötzlich hervorschoss, ließ ihr Herz rasen, aber als sie sich neben ihm auf der Matratze niederließ und ihre freie Hand auf seine Stirn legte, schob ihre Sorge ihre kurzzeitige Panik beiseite.

Er glühte regelrecht.

„Armer Kleiner. Dir geht es ja ganz schlecht. Keine Sorge", versicherte sie ihm so beruhigend wie möglich, strich ihm die Haare aus der Stirn. „Ich kümmere mich um dich."

„Versprochen?", flüsterte er.

„Natürlich", erwiderte sie leise. Ihm tat bestimmt der Kopf weh. Sie ließ die Finger über seine Wange hinabgleiten, die dunklen Bartstoppeln prickelten an ihrer Handfläche.

„Ich weiß, was ich brauche", murmelte James, tief und düster. Das Grollen seiner Stimme strich über ihre Haut.

„Saft?", bot sie ihm an. „Paracetamol?"

Mit einem raschen Ziehen brachte er sie aus dem Gleichgewicht.

Kaylee verschluckte einen Schrei, während sie die Arme vorstreckte, um ihren Fall zu bremsen. Sie endete mit einem Arm auf jeder Seite seines Körpers, das Handtuch auf ihrem Kopf blieb fast an Ort und Stelle, außer, dass es ihr leicht über ein Auge rutschte. Es hatte nur eine Sekunde gedauert, bis sie ausgestreckt auf seinem harten Körper landete, Hitze strömte zu ihr herauf, als hätte sie sich auf einen sonnenverbrannten Stein gelegt.

Hmmm. Gefällt mir. Ihre innere Katze hatte keine Schwierigkeiten, ihr Wohlgefallen auszudrücken.

Kaylee? Fühlte sich angetörnt und schuldig zur gleichen Zeit.

Er hatte ihr Handgelenk losgelassen, nur um eine Hand fest auf ihren unteren Rücken zu legen, sodass ihre Körper zusammenblieben. Die andere Hand schlang sich um ihren Nacken, fest genug, um Kontrolle auszuüben, weich genug, um eine Liebkosung zu sein.

Ein harter, muskulöser Körper unter ihr, der lange, harte Schw...

O mein Gott, sein Schwanz drückte an ihren Körper. Unfassbar hart. Unfassbar dick.

Nun, das ist beeindruckend, stellte ihre Katze trocken fest.

Still, ich bin hier gerade beschäftigt, warnte sie Kaylee.

Seine Augen glitzerten, als ob er ihren inneren Dialog gehört hätte. „Was ich brauche", setzte er an, als würden sie am Küchentisch sitzen und entscheiden, was sie zum Essen bestellen sollten, „ist einfach."

Sie wand sich, hörte aber sofort damit auf. Wenn sie ihre Lage veränderte, rieb sie über all die harten Dinge, auf denen sie lag, und das war vermutlich gefährlich. „James, mein Lieber. Du musst mich hoch lassen."

„Nein, ich brauche dich unten", erwiderte er eindeutig.

Kaylee öffnete den Mund, musste ihn aber wieder schließen. „Nein. Tut mir leid, du bist zu fiebrig, um das zu verstehen."

Er rollte sich herum, bis sie unter ihm war, die Decke fiel dabei vom Bett. Seine Ellbogen stützten sich beiderseits von ihr auf, seine Hüfte drückte sich zwischen ihre Schenkel. Ihre Beine hatten sich geöffnet, und er passte perfekt zu ihr, wie ein Puzzleteil, bei dem alle Ausbuchtungen und Vertiefungen zueinander passten, und würde das nicht das Puzzeln in Zukunft viel zu versaut machen, um es in Gesellschaft zu tun ...

James senkte den Kopf und rieb seine kratzige Wange an ihrer.

„Hm", murmelte er. „Du riechst gut."

„*James*." Sie sprach seinen Namen fest aus, für den Fall, dass Lautstärke durch die Watte in seinem Kopf dringen würde. „Du musst aufhören."

Sie ließ die Hände über seine Schultern gleiten, wollte ihn wegschieben, aber in dem Augenblick, in dem sie seine nackte Haut berührte, schoss der Impuls, ihn zu brauchen, tief in sie hinein. Als würde ein Strom von ihren Handflächen über ihre Arme hinauflaufen und schnellstmöglich überspringen, um ihre Klitoris mit einem Hochspannungsschlag zu schocken.

Kaylee keuchte auf, dann entwich sämtliche Luft aus ihr, als er seine Hüfte bewegte. Druck glitt über empfindliche Stellen und ließ ihre Haut überall prickeln.

Vielleicht war *sie* ja diejenige, die Fieber hatte. Das war es – sie hatte sich auf dem Weg zu James' Wohnung verirrt, und sie hatten ihren durchnässten Körper erst Tage später gefunden. Sie lag im Koma.

Einem Sex-Koma, wie es aussah, und das Aufwachen würde sehr traurig werden.

Bitte. Du dramatisierst das ziemlich, sagte ihre Katze träge.

Ich bin beschäftigt, erinnerte Kaylee sie scharf.

Er zog sich gerade weit genug zurück, um ihr in die Augen zu schauen. „Ich werde dich küssen", warnte er sie vor.

„Hey, wenn du voller Bazillen und Medi..."

Er brachte ihren Widerspruch zum Schweigen. Sanft, indem seine Lippen ihre bloß streiften. Langsam vor und zurück, bis jeder Atemzug zusätzliche Energie kostete, um eingesogen oder ausgestoßen zu werden.

Was zum Teufel? Wenn man im Sex-Koma lag, konnte man nicht für fehlgeleitete Aktionen zur Rechenschaft gezogen werden. Sie vergrub die Finger in seinem Haar und erwiderte den Kuss.

Die Sanftheit schmolz dahin. In dem Augenblick, als sie sich auf ihn zubewegte, nahm James sie vollkommen ein. Seine Zunge glitt an ihrer entlang, dann nahm er sie in Besitz. Sein Gewicht hielt sie an Ort und Stelle, seine Finger führten ihren Kopf in genau die richtige Stellung, damit er ihren Mund verzehren konnte.

Es war Hitze und Leidenschaft und wundervoll. Kaylee schmolz in die Matratze, während sein Körper in ihren überging und Feuer ihr Rückgrat hinauflief. Ihre Gedanken wurden träge, während alle Teile ihres Körpers vor Verlangen glühten.

Als er sich schließlich von ihren Lippen löste, war es nur, um sie entlang ihres Kinns zu küssen und beißen und lecken. Unter dem Ohr – *heftiges Erschauern* – und ihren Hals hinab.

„James. Stopp“, flüsterte sie.

Zu ihrem Entsetzen tat er das. Völlige Reglosigkeit traf sie zwischen einem Atemzug und dem Nächsten, sein Mund immer noch auf ihrer Haut.

Ihr Puls schob das Blut mit einer solchen Wucht durch ihren Körper, dass sie überrascht war, dass die Wände den Herzschlag nicht zurückwarfen.

Das ... das ... das, was da zwischen ihnen passierte, war nicht normal. Es war erstaunlich und unfassbar, und sowas von verführerisch, aber ...

Eine Erinnerung krallte sich durch ihre lüsterne Vernebelung nach oben, fast bis ganz an die Oberfläche. „James. Was ist los?“

„Ich brauche dich“, stöhnte er, seine Lippen streiften ihre Haut und bescherten ihr eine Gänsehaut.

„Aber natürlich. Du bist krank. Ich bin mit dir befreundet ...“

„Ich will dich lieben. Wollte ich schon immer, und jetzt kann ich dich behalten.“

Toll. Er war so fiebrig, dass er Wahnvorstellungen hatte. Es war hart, die Worte auszusprechen, aber sie stellte sicher, dass sie die Wahrheit sagte. „Wir sind keine Liebhaber, mein Freund. Wir sind gute, gute Freunde, die nicht miteinander im Bett liegen sollten. Morgen wirst du das bedauern.“

„Das werde ich nie bedauern. Will es mir aussuchen, nicht vom Schicksal entscheiden lassen. Will dich für immer. Will dich als meine Partnerin.“

Partnerin ...

Hatte er Partnerin gesagt?, murmelte ihre Katze. *Wie ... unerwartet.*

Scheiße. Verständnis stahl sich zwischen einen schmerzenden Pulsschlag und den nächsten. Niemand, der schon Zeit mit Eisbären-Shiftern verbracht hatte, wusste nichts über das Paarungsfieber und all seine Folgen.

O nein. O nein, nein, *nein*. Denn so sehr sie auch lustvoll und lange in ihn verliebt war, war es doch völlig ausgeschlossen, dass sie ihn einen Fehler wie diesen machen ließ.

Kaylee fasste fest in seine Haare und riss mit den Händen. Heftig.

Sie riss ihm ein Büschel Haare aus, und er gab grade mal fünf Zentimeter nach. Es war weit genug, um ihm in die Augen zu schauen. „James. Kumpel. Mein Freund. Hast du das Paarungsfieber?"

Seine Lippen hoben sich zu einem köstlichen Lächeln. Sein Blick senkte sich, um sie anzustarren, als wäre sie der Nachtisch, und er wäre sehr, sehr brav gewesen. „Ich habe dich. Du liegst in meinen Armen. Ich werde dich die ganze Nacht lieben, und dann am Morgen fange ich wieder damit an, und ich höre nie wieder damit auf. Nie mehr, nicht mal, wenn wir alt sind. Selbst dann werde ich dir all die schmutzigen Sachen sagen, die ich dir sagen will, und wir werden immer zusammen sein."

Ja. Wie toll. Auf jeden Fall Paarungsfieber.

Kaylee tätschelte ihm sanft die Wange. „Genau. Also ist es vielleicht keine tolle Idee, dass ich gerade jetzt hier bin. Wo du doch das Paarungsfieber hast und so, und ich bin nicht sonderlich gut geeignet, deine Partnerin zu sein."

„Perfekt geeignet." Er runzelte die Stirn, knurrte leise. „Kaylee ist perfekt."

In seinen Augen war der Bär. *Scheiße.*

Sie streichelte ihn wieder, wollte die Bestie beruhigen. „Okay, großer Junge. Ich muss ..." *Denk nach. Denk, Kaylee.*

„Ich muss erst etwas machen. Okay? Du musst duschen, und ich muss das Ding aus dem Ding holen."

Verwirrung trat auf sein Gesicht. „Echt?"

„Aber ja." Sie nickte, kratzte an seiner Schulter.

Der Bär schaute zu ihr auf.

„Du gehst duschen", flüsterte sie. „Ich bin gleich zurück."

Es war offensichtlich, dass er nur widerstrebend bereit war, zu gehen, aber sie lächelte weiter und nickte ermutigend. „Ich brauche eine Dusche?"

Sie erinnerte sich nicht daran, gehört zu haben, dass das Paarungsfieber Männer dumm machte, aber hey, sie musste mit den Karten spielen, die man ihr zugeteilt hatte. „Duschen. Während ich das Ding mache."

Einen Sekundenbruchteil lang dachte sie, sie wäre erledigt. Er bewegte sich mit einer langsamen, wiegenden Bewegung in ihre Richtung, harte Muskeln und glatte Haut lockten sie bis an den Rand des Wahnsinns.

Aber dann erhob er sich, starrte sie aus dunklen Bärenaugen an, während er sie neben sich auf die Füße zog. Er beugte sich leicht zu ihr und hob ihr Kinn. „Ich gehe unter die Dusche, und wenn ich zurück bin, gehörst du mir."

Kaylee war nicht bereit für den Kuss, den er ihr aufdrückte. Für die Hitze und die Dringlichkeit, und die Art, wie ihr ganzer Körper schmerzte und darum bettelte, ihm in die Dusche zu folgen und sich austoben zu lassen.

Doch als er mit abgehackten Atemzügen zurücktrat, die seine Brust durchrüttelten, seine Augen leuchtend vor Fieber, wusste sie, dass sie das Richtige tun musste.

In dem Augenblick, in dem er das Bad betrat, kam sie in Bewegung. Sie riss sich das Handtuch vom Kopf, fasste sich die Haare zu einem Knoten zusammen und befestigte ihn mit einem Gummi, den sie auf der Kommode fand.

Sie schnappte sich ihre nassen Schuhe und Kleider, die sie zum Trocknen über Stühle gehängt hatte, dann lief sie durch den Gang, blieb nur lang genug stehen, um die Schuhe anzuziehen und den Rest ihrer Sachen in eine Tasche zu stopfen, die sie auf dem Küchentresen fand.

Vor dem Fenster tobte der Sturm.

Ernsthaft? Warme Wohnung, warmer Mann, und du willst, dass wir da rausgehen? Ihre Katze war verärgert.

Wir können nicht bleiben, beharrte Kaylee.

Ihre Katze trotzte, dann verschwand sie.

Kaylee erschauerte, zwang sich aber, zu gehen. Sie schnappte sich eine weiche Tagesdecke vom Sofa und schlang sie wie einen Umhang um ihre Schultern, dann verließ sie beinahe rennend die Wohnung.

Das Warten auf den Aufzug war eine Qual. Was, wenn er herausfand, dass sie weglief? Was, wenn sie nicht rechtzeitig wegkam, um ihn davor zu retten, den größten Fehler seines Lebens zu machen?

Der Wind draußen musste mit Orkanstärke wehen. Er wummerte im Aufzugschacht, was ein pfeifendes Geräusch erzeugte wie Nägel auf einer Schiefertafel.

Die Türen glitten auf, und Kaylee rannte vor, drückte auf das Erdgeschoss und hackte dann immer wieder auf den Knopf, der die Tür schließen sollte. Sie hielt die Luft an, während sie auf die Tür zur Wohnung starrte, wünschte sich, der Aufzug möge rechtzeitig schließen.

Schnell, schnell, schnell.

Die riesigen Metallplatten bewegten sich endlich, glitten zusammen in drei, zwei, eins ...

Kaylee seufzte vor Erleichterung. Sobald sie in sicherem

Abstand war, würde sie James anrufen. Sie würden eine vernünftige Unterhaltung darüber führen, weshalb sie, obwohl sie ihn sehr mochte und sie immer befreundet sein würden, eine schreckliche Partnerin abgäbe.

Das Schicksal in die eigenen Hände nehmen? So funktionierte das nicht.

Ein plötzliches Knistern wurde laut, gefolgt von einem hallenden, metallischen Knall, als hätte jemand eine Bowlingkugel durch den Wäscheschacht geschoben. Blaues Licht strömte durch eine winzige Linie zwischen den Türen vor ihr, und die Luft roch nach Ozon und Kohle.

Der Aufzug kam abrupt zum Stehen.
Die Lichter gingen aus.

6

———————

James war zwei Schritte von der Dusche
entfernt, als ihm klar wurde, dass etwas nicht
stimmte. Das Jucken in seinem Verstand
nahm zu.

Warum duschte er jetzt? Das hatte er heute doch schon
getan, als er von seiner Reise nach Hause gekommen war.

Er marschierte zurück in sein Schlafzimmer und
schaute sich verwirrt um. Da war doch etwas, was er tun
sollte ...

Anstellen sollte ...?

Nein. Er erinnerte sich nicht.

Er marschierte zum Wohnzimmer und stolperte
beinahe über eine klatschnasse Jeans, die auf dem Boden
liegen geblieben war. Er hob sie verwirrt auf. Schnüffelte
daran. Ein vertrauter Geruch füllte seine Nase.

Warum war hier eine von Kaylees Hosen ...

Kaylee? In seiner Wohnung.

Ohne Hose.

Er marschierte rasch durch die Suite, aber sie war
eindeutig nicht in seinem Schlafzimmer, auch nicht im

Wohnzimmer oder der Küche. James ignorierte den Regen, der an das Fenster hämmerte, und zwängte sich hinaus auf dem Balkon. Er lehnte sich so weit über das Geländer, dass er auf die Besucherparkplätze schauen konnte.

Dass er Kaylees Schrott-Truck dort sah, ließ das Bild nicht klarer werden.

Er hatte sich gerade aufgerichtet, als ein Blitz über den Himmel fuhr wie in einem Comic. Die gezackte weiße Linie fuhr aus den sturmschwarzen Wolken direkt auf seine Wohnung zu. Das Brüllen des Donners kam gleichzeitig mit dem Blitz, rüttelte an den Fenstern, betäubend laut in seinen Ohren.

Einen Augenblick später flog er durch die Luft, ehe er in die Betonwand hinter sich krachte. Kurzzeitig sah James nur Sterne, die vor seinen Augen schwebten. Alles andere war pechschwarz geworden, In seinen Ohren klingelte es.

Der Geruch nach verbrannten Haaren sorgte dafür, dass seine Nase sich angeekelt kräuselte, und er hob die Hände vors Gesicht, nur um, als seine Sicht wieder klar wurde, auf seinen Handknöcheln verschrumpelte, gekrümmte Haare zu sehen, an den paar Stellen, an denen sie nicht weggebrannt waren.

Nun, das war ja mal verdammt spannend gewesen. Ihn hatte noch nie zuvor der Blitz getroffen. Er stand auf und schüttelte den Kopf, damit sein Verstand wieder klar wurde. Nein. Ein Elektroschock war kein Erlebnis, das er in nächster Zeit wiederholen wollen würde.

Er hatte gerade die Balkontüren hinter sich geschlossen, als sich ihm drei Dinge gleichzeitig in den Verstand drängten.

Der Geruch nach Kaylee in seiner Suite, frisch und stark.

Ein dringlicher Schmerz in seinen Eingeweiden, der sagte, dass er sie finden musste, und zwar jetzt.

Das eindeutige Summen seines Handys, das mit Coopers Klingelton läutete.

Die Kleider, die er auf seiner letzten Reise getragen hatte, lagen auf dem Esszimmertisch, in einer Art Haufen, auf dem oben sein Handy lag. Noch während James den Anruf annahm, kehrten die Erinnerungen an die letzten paar Stunden zurück, obwohl er sich nicht sicher war, was sie überhaupt erst über den Haufen geworfen hatte.

Heilige Scheiße, das war der merkwürdigste Tag seines Lebens gewesen, und er war noch lange nicht vorbei. Erst der Anruf, dann würde er seine Partnerin aufspüren.

„Was?“, wollte James wissen. „Ich habe es gerade eilig.“

„Du hast Ärger, was ist los?“, fragte Cooper träge. „Wie fühlst du dich?“

James marschierte in sein Schlafzimmer, um sich anzuziehen, damit er losgehen und Kaylee aufspüren und sobald wie möglich reparieren konnte, was er zwischen ihnen zerbrochen hatte. Ganz zu schweigen davon, dass er wie blöde mit ihr vögeln und sie zur Partnerin nehmen würde. „Genervt. Mein Bruder besteht darauf, mit mir zu reden, während mich das Paarungsfieber im Griff hat, und meine Frau ist aus irgendeinem gottverdammten Grund gerade verschwunden. Oh, und der Strom ist weg. Oh, und mich hat der Blitz getroffen. Ziemlich stark *genervt*, das trifft es ungefähr.“

Die Totenstille am anderen Ende der Leitung kam unerwartet.

„Sag was, oder ich lege auf“, befahl James.

„Ich bin schockiert, dass du so zusammenhängend sprechen kannst“, gab Cooper zu, seine Worte kamen scharf und abgehackt. Wurden schneller, als würde er die

Gedanken seines Bruders lesen und zur Sache kommen, bevor James seine Drohung wahr machte. „Kaylee hat Amber angerufen, die mich angerufen hat. Sieht so aus, als würde Kaylee in deinem Fahrstuhl festsitzen, und sie macht sich Sorgen, weil du das Paarungsfieber hast und darauf bestehst, dass du sie zur Partnerin willst."

„Ich *will* sie als meine Partnerin. Verdammt, im Fahrstuhl? Eine Stromspitze hat wohl das ganze Gebäude gegrillt, als der Blitz eingeschlagen hat. Ich werde runterklettern müssen, um sie zu retten", sagte James hastig. „Du musst den Notdienst kontaktieren, um sicherzustellen, dass sonst niemand im Gebäude ist, der Hilfe braucht. Und stell meine Stromversorgung sobald wie möglich wieder her, verstanden?"

„Warte", sagte Cooper scharf. „Wie kommt es, dass du jetzt nicht vom Paarungsfieber völlig verblödet bist? Das ist erst dein zweites Mal – ich habe Jahre gebraucht, bevor ich nicht die ganzen sieben Tage lang, in denen ich das Fieber hatte, völlig bekloppt war. Bist du sicher, dass du es hast?"

Das dringende Verlangen, bei Kaylee zu sein, wurde mit jeder Minute stärker, und seine Haut brannte, aber zum Glück waren seine Gedanken kristallklar. „Vielleicht hat der einschlagende Blitz die Dummheit kuriert – und warum zum Teufel haben weder du noch Alex mich vor diesem Teil gewarnt? Du Wichser."

„Da muss man durch, wenn man erwachsen wird. Aber mach langsam. Kaylee hatte Angst davor, dich um Hilfe zu bitten. Vielleicht sollte ich kommen ..."

Ein voll ausgeprägtes Brüllen drang aus James' Kehle bei dem Gedanken, dass ein anderer Mann ohne Partnerin in der Nähe seiner Kaylee war.

„... und vergiss, dass ich es überhaupt erwähnt habe",

fügte Cooper aalglatt an. „Bist du sicher, dass du weißt, was du tust?"

James schnaubte. „Absolut. Vom Blitz getroffen zu werden ist toll, um jegliche Verwirrung zu klären. Ich glaube, ich weiß sogar, weshalb sie nicht mich um Hilfe gebeten hat, aber keine Sorge. Alles wird gut. Sie gehört mir. Wir gehören zusammen."

Er wartete nicht, bis Cooper sich verabschiedete. Hackte nur auf den Ausschaltknopf und zog sich fertig an.

Kaylee hatte offensichtlich ein funktionierendes Telefon, aber sie anzurufen, um ihr zu sagen, dass er unterwegs war, würde auch nicht dafür sorgen, dass sie eher gerettet wurde. Er schob sich Notvorräte in einen Beutel, zog seinen Mantel an und begab sich zum Steuerpult des Aufzugs.

Zum Glück hatte Alex in seiner Rolle als Sicherheitschef darauf bestanden, dass alle Familienmitglieder die Funktionsweisen und alle möglichen Fluchtrouten aus ihren Gebäuden kannten.

Natürlich hatte sein Bruder damals von Spionage und Entführungen und anderen unmöglichen Szenarien geraunt, aber als Endergebnis wusste James genau, welche Paneele er abnehmen musste, um Zugang zu den Halteseilen des stecken gebliebenen Aufzugs zu erhalten.

Er leuchtete mit der Taschenlampe in die Dunkelheit, dann überprüfte er die Hauptsteuerung.

„Verdammt."

Die Fahrstuhlkabine saß zwischen zwei Stockwerken fest. Es gab keine Möglichkeit, Kaylee hinein- oder herauszubekommen, ohne zu ihr zu gehen.

Also eins nach dem anderen – und zumindest würde es ihnen die Gelegenheit geben, sich zu unterhalten, während sie nicht weglaufen konnte, weil sie zusammen festsaßen.

James zog sich die Lederhandschuhe an, die er auf dem Arbeitsregal an der Steuerung gefunden hatte, schlang sich seine Tasche über die Schulter und machte sich bereit, loszulegen.

Vielleicht war eine Warnung angebracht ...

„Hey, Kaylee."

Selbst etliche Stockwerke entfernt hörte er sie keuchen. Worte folgten darauf, auch wenn sie gedämpft waren. „James? Nein, du musst wegbleiben."

„Ich muss bei dir sein, Kaylee Kat. Mach dir keine Sorgen. Diesmal bin ich richtig im Kopf." Er nahm das dicke Kabel in beide Hände. „Ich bin gleich oben auf der Aufzugskabine. Rechne mit einem Rumms, okay? Das bin nur ich."

„Ich habe Angst." Das Zugeständnis kam sehr leise. „So viel Angst."

„Ich mache es gleich besser", versprach er, ehe er die Taschenlampe zwischen die Zähne nahm und sprang.

Es hätte Spaß gemacht, nach unten zu gleiten, wäre das keine Rettungsmission gewesen. James bewegte sich rasch, versuchte aber, so weich wie möglich zu landen, damit Kaylee nicht durchgeschaukelt wurde. Die arme Frau hatte bereits genug Sorgen.

Seine Füße kamen auf, und er nahm rasch die Lampe aus dem Mund und schraubte den Zugang durch die Decke ab, während er redete. „Ich bin da. Du bist in Sicherheit."

Er hob die Not-Abdeckung weg und steckte den Kopf in die schwarze Kabine, in der seine Frau festsaß.

Kaylee war in einer Ecke zusammengekauert, in eine seiner Tagesdecken gehüllt. Sie hielt ihr Telefon vor sich wie eine Kerze, das goldene Licht des Bildschirms spiegelte sich auf ihrem Gesicht.

Ihrem besorgten, tränenüberströmten Gesicht. Beim

Anblick ihrer Angst und Traurigkeit tat sich ein Loch in seinen Eingeweiden auf. „Oh, Süße, ist schon in Ordnung. Es kommt alles in Ordnung."

Sie schüttelte den Kopf. „Es tut mir so leid."

James zwang sich dazu, zu kichern, als wäre alles völlig in Ordnung. „Dir muss nichts leidtun. Lass mich die Sachen runterwerfen, die ich dabei habe, und ich bin gleich bei ihr."

Denn wenn er sie erst einmal in den Armen hielt, würde er sie nicht mehr gehen lassen.

7

Sie hatte etliche Minuten gebraucht, nicht Sekunden, um zu reagieren, nachdem sie in Dunkelheit getaucht worden war.

Sie hatte tatsächlich die Augen schließen und so tun müssen, als würde sie in ihrem Zimmer sitzen, um soweit mit dem Zittern aufzuhören, das sie sich ihr Telefon schnappen und nach Hilfe rufen konnte.

Ihre innere Katze war keine Hilfe – nicht nur war das Tier wütend, weil sie das warme Apartment verlassen hatte, ihre Katze verabscheute dunkle Orte genauso sehr wie Kaylee selbst.

Obwohl das Tier es niemals zugegeben hätte.

Und jetzt, als James zu ihr herabkam, hüllte sie die Traurigkeit fester ein, als sie das Grauen in der Dunkelheit durchgerüttelt hatte.

Es war ihr nicht gelungen, ihn zu retten.

Vielleicht hatte sie wirklich, wirklich Glück und fand einen Weg, um ihn abzuhalten, aber wenn sie zusammen in dieser Enge feststeckten, war das nicht sehr wahrscheinlich, wenn man bedachte, was sie über das Paarungsfieber gehört hatte.

Wenn man bedachte, wie er sich benommen hatte, ehe sie aus seiner Wohnung geflohen war.

Seine Füße berührten den Boden, und der Fahrstuhl wackelte. Kaylee kniff die Augen zu und biss die Zähne zusammen, um nicht aufzuschreien.

Dann wurde sie in seine Arme gerissen, an seinen Körper geschmiegt.

„Es tut mir leid, dass ich dir vorhin Angst gemacht habe", murmelte er. James lehnte den Rücken an die Wand und glitt nach unten. Sie endete in seinem Schoß, die Beine über seine gelegt.

Er legte eine Hand um ihren Hinterkopf und zog sie an seine Brust, dann richtete er die Decke über ihnen beiden und hielt sie einfach nur fest.

Nach der Furcht, dass der Aufzug nach unten stürzen würde, war dieser Augenblick des Schutzes genau das, was sie brauchte. Sein Herzschlag erklang fest unter ihrem Ohr, und sein Atem wurde ebenmäßig. Sie versuchte, sich anzupassen, und stellte fest, wie sie sich in der Dunkelheit entspannte, bewacht von dem großen Bären-Shifter, der schon immer ihr Freund gewesen war.

Demjenigen, der gleich einen schrecklichen Fehler begehen würde. *Oje.*

„Hey", beruhigte er sie, rieb ihr kreisend über den Rücken. „Es ist okay."

Sie konnte nicht verhindern, dass die Anspannung wiederkam. „Es ist nicht okay, egal, wie man es betrachtet."

„Nun, da wir in nächster Zeit nicht wirklich irgendwohin können, sollten wir vielleicht über all die Dinge reden, um derentwillen du so angespannt bist wie ein Flitzebogen."

„Du bleibst in dieser Sache stur, oder nicht?“, beschwerte sie sich.

„Stur wie ein Bär“, gab er nickend zurück.

Der Satz war vertraut und gehörte so sehr zu ihnen, dass Kaylee sich von ihm wegschob. Sie wühlte nach ihrem Telefon und schaltete den Bildschirm ein, damit sie sein Gesicht sehen konnte.

Er lächelte. Oder zumindest waren seine Lippen nach oben gekrümmt, doch in seinem Blick stand ein Hauch Traurigkeit, bei dem ihr das Herz wehtat. „Warum schaust du mich so an?“, fragte sie aufrichtig.

„Weil ich froh bin, mit dir hier zu sein, es mir aber leidtut, dass ich dich erschreckt habe. Wir könnten den Stromausfall jetzt in der Sicherheit meiner Suite aussitzen.“

„Es wäre keine gute Idee gewesen, bei dir zu bleiben“, sagte sie amüsiert. Und auf ihm zu sitzen war auch nicht klug. Er schien sich nicht mehr seltsam zu benehmen, aber er war immer noch feurig heiß.

Er konnte doch ganz bestimmt nicht sein Paarungsfieber abschalten?

Kaylee wand sich, weil sie vorhatte, sich eine eigene Ecke zu suchen.

Nein. Seine Arme packten sie fester. „Bleib, wo du bist. Dir ist kalt, und wir können genauso gut reden, während du sitzt, wo du bist, wie wenn du dir ganz einsam etwas abfrierst.“

Sie knurrte ihn verärgert an. „Rechthaberischer Bastard.“

„Du hast noch gar nichts gesehen, Banks. Und jetzt gehen wir mal deine Bullshit-Liste von dem durch, was in deiner Welt derzeit nicht okay ist, ja?“

Bullshit-Liste? Sie neigte ihr Telefon, um ihr Gesicht zu

beleuchten, damit er ihr missbilligendes Funkeln sehen konnte.

James schnaubte.

Also gut. Er wollte sich wie ein Arschloch benehmen, wo sie doch nur versucht hatte, ihn vor sich selbst zu retten? „Wir stecken in einem Aufzug fest, und er könnte jeden Augenblick nach unten fallen und uns umbringen."

„Wir sind derzeit hier fest verankert durch das beste Back-up-System, das mein herrischer ältester Bruder kaufen konnte", hielt er dagegen. „Cooper hat mehr bezahlt, um doppelt redundante Systeme für den Notfall für genau solche Umstände vorzuhalten."

Sie dachte darüber nach und blinzelte, während James ganz offensichtlich amüsiert schnaubte.

„Ich glaube immer noch, dass meine Idee einer Ersatzstromquelle praktischer gewesen wäre, aber das ist ein Streitpunkt, wenn ich ihn das nächste Mal treffe."

Oh. „Also sind wir sicher?"

„So sicher es nur geht. Aber wir sitzen fest, zumindest bis Cooper eine Möglichkeit findet, den Strom wieder einzuschalten."

Zumindest konnte sie den Tod von der Liste ihrer Sorgen streichen.

Den Rest ...

Sie holte tief Luft und stieß es alles hervor.

„Du hast das Paarungsfieber, oder hattest du, und du hast davon schwadroniert, mich als Partnerin zu wollen. Und das kannst du nicht. Ich meine, du bist mein bester Freund, und ich mag dich enorm. Ich halte dich für attraktiv, sexy sogar, aber es kommt überhaupt nicht infrage, dass du für immer mit mir zusammen sein kannst. Du bist ... *du*. Und ich bin ... *ich*. Ich wäre schrecklich als deine Partnerin."

Er rieb mit dem Kinn über ihren Kopf und summte fröhlich. „Du findest mich sexy?"

Arrghh. „Genau *das* hast du dir aus meiner Beichte herausgepickt?", fuhr sie ihn an.

„Bis auf den Teil, dass du meine beste Freundin bist, war es der einzige Teil, der sich zu hören lohnte."

Oh. Verdammt noch mal. Nein.

Sie packte die Vorderseite seines Hemdes mit beiden Händen und schüttelte ihn. Sie musste ihn dazu bringen, es zu verstehen. „Ich fürchte mich vor so vielen Dingen zu Tode, und du bist das öffentliche Gesicht des Familienunternehmens. Ich kann nicht mit Fremden reden. Ich kann nicht auf Geschäftstreffen in alle Winkel der Welt reisen, weil ich Angst vor dem Fliegen habe. Ich würde *sterben*, wenn ich neben dir auf eine Bühne gehen und mich bei Leuten einschmeicheln müsste."

„Deswegen machst du so ein Theater?"

Ein leichter Schrei entwich ihr, als sie in der Dunkelheit hochgehoben wurde. James hielt sie fest, hob sie und drehte sie, sodass sie bei der Landung rittlings auf ihm saß.

Seine Hand legte sich wieder auf ihren Nacken. Die andere Hand landete weiter unten auf ihrem Körper, verhinderte, dass sie sich aus seinem Griff winden konnte.

„Sehen wir doch mal, ob ich auf deine restlichen Sorgen eine Antwort habe. Ja, ich habe Paarungsfieber, und ja, ich habe schwadroniert – das tut mir leid. Du kannst später Alex und Cooper eins auf die Ohren geben, weil sie uns nicht davor gewarnt haben, dass die ersten Jahre des Fiebers einen Hang zur Dummheit mit dem Bären am Ruder haben."

Okay, das ergab einen Sinn. „Ich habe den Bären in

deinen Augen gesehen – warte. Du hast immer noch das Fieber?"

Er ignorierte sie und fuhr fort. „Ich entschuldige mich dafür, dass ich so wild schwadroniert habe, aber nicht für mein Verlangen, dich als meine Partnerin zu wollen. Du bist meine beste Freundin, Kaylee. Und ich mag dich auch enorm. Du bist auch verflixt sexy, und ich kann mir nicht vorstellen, was ich mehr wollen würde, als dich für immer an meiner Seite zu haben."

„Du hörst nicht zu", rief sie. Obwohl es schön zu hören gewesen war, dass sie verflixt sexy war. „Ich wäre schrecklich für dich."

„Das ist kein Bewerbungsgespräch", entgegnete er, lauter als zuvor, aber trotzdem noch nicht ganz so laut wie sie. „Ich suche nicht nach einer Mitarbeiterin für die PR. Ich suche nach einer Partnerin."

Sie sah es nicht kommen. Buchstäblich nicht, denn es war völlig dunkel, und sie hatten diese ganze Unterhaltung in einer kleinen, zwei mal zwei Meter großen Metallbox geführt, die ihre Worte von den Wänden wiederhallen ließ.

Er erwischte sie mit offenem Mund, küsste sie feucht und hitzig, mit Zunge und Zähnen, die Hand unten auf ihrem Rücken, zog sie dichter heran, bis die ganze Vorderseite ihrer Körper einander berührte.

Die Angst, die vorhin auf sie eingedrungen war, wurde verschlungen von der gierigen Art, in der er sich ihres Mundes bemächtigte. Die Sorgen, dass er eine schreckliche Wahl traf, wurden von dem Eifer verzehrt, der zwischen ihren Körpern brüllte.

Alles, was falsch war, wurde zur Seite geschoben, durch die Lust, die ihnen viel zu lange versagt worden war. Sie entflammte jeden Nerv in ihrem Körper, brachte sie ins Taumeln.

Sie hatte versucht, ihn aufzuhalten. Sie war gescheitert. Nun war es Schicksal.

Kaylee ließ die Finger durch sein dickes Haar gleiten und packte fest zu. Hielt seine Lippen fest an ihren, damit sie genauso sehr austeilen konnte, wie sie einsteckte. Seine Zunge glitt über ihre, und sie stöhnte.

Sie war nicht mehr ausgekühlt, einsam oder ängstlich, und sie war diejenige, die bei diesem Handel einen Gewinn machte.

Sogar der Gedanke daran machte sie traurig.

James löste ihre Lippen voneinander, sein Atem kam keuchend, während er darum kämpfte, sich zu kontrollieren. Er lehnte seine Stirn an ihre, sprach leise. „Du bist perfekt, wie du bist. Das schwöre ich."

„Es ist nur ..."

„*Kaylee.*"

Sie holte tief Luft. „Ich will dir nicht wehtun", flüsterte sie.

Er küsste sie sanft. „Dann lauf nicht mehr weg oder verlasse mich. Das ist das Einzige, was du tun könntest, um mir wehzutun."

Es war eine vernünftige Bitte. „Es tut mir leid."

„Es ist vergeben. Versprich mir, dass du mit mir redest, wenn du dir Sorgen machst, genauso, wie wir immer über alles geredet haben."

Sie schnaubte. „Das ist offensichtlich nicht die Wahrheit."

Seine Verwirrung schwebte zwischen ihnen in der Luft, noch während er mit den Fingern über ihren Nacken strich. Sie liebkoste. Neckte. „Worüber haben wir denn nicht gesprochen?"

Es war leicht, in der Dunkelheit zu lächeln, wo er es

nicht sehen konnte. „‚Verflixt sexy‘? Ich hatte ja keine Ahnung."

Er stieß ein leises Kichern aus. „Ebenso. Aber ich bin froh, dass es dir auch so geht. Ich will, dass meine Partnerin total auf mich abfährt."

„Das lässt sich sofort arrangieren", flüsterte sie. Sie schmiegte sich an seine Brust und versuchte, die verbliebenen Sorgen wegzuschieben, die er offensichtlich unter den Teppich kehren wollte. „Aber kann ich darum bitten, dass wir es nicht zum ersten Mal in einem Fahrstuhl treiben?"

„Wir könnten sehr lange hier sein", warnte er sie, „wenn sie den Strom nicht wieder anschalten können. Mir könnte es schwerfallen, dem Paarungsfieber zu widerstehen."

Diesen Teil hatte Kaylee vergessen – er hatte jetzt so viel mehr Kontrolle, als es vorhin der Fall gewesen war. „Hast du Schmerzen?"

„Durchaus. Du kannst sie aber lindern."

„Ja?"

„Ich brauche ein bisschen was zur Überbrückung."

Sie war gerade dabei gewesen, ihm mitfühlend über die Brust zu streichen, und hielt inne. „Ein bisschen von was?"

Seine Lippen streiften ihr Ohr. „Von dir. Der perfekten, wunderbaren, *köstlichen* Kaylee."

8

———

James wollte sich selbst treten, weil ihm vorhin nicht klar gewesen war, dass ihre ganzen Widerworte nur daran lagen, dass Kaylee sich edel verhalten wollte und sich selbst völlig unterschätzte.

Völliger Schwachsinn, dass sie nicht perfekt für ihn war.

Selbst die Art, wie sie sich dicht an ihn schmiegte, wie ihre Hände über ihn strichen, als würde sie versuchen, seinen Schmerz zu lindern – das war es, was er brauchte.

Nun, er brauchte ein bisschen mehr, aber er hatte sich ausreichend unter Kontrolle, dass das Paarungsfieber wie eine spannende Handlung in einer Fernsehserie war. Er konnte sehen, dass der Moment des Höhepunkts näher rückte, aber in der Zwischenzeit machte es Spaß, herauszufinden, wie genau sie es anstellen würden.

Es war der Anfang von immer. Er musste nicht vorpreschen.

Tatsächlich, da er jetzt wieder bei Sinnen war, wurde ihm klar, dass er ein paar Optionen vor sich hatte, um aus diesem Augenblick mehr als nur eine Akzeptanz der animalischen Anziehungskraft zwischen ihnen zu machen.

Er tastete mit den Fingern vor, bis er ihr Gesicht hielt, seine Lippen zu einem sehr sanften Kuss auf ihre drückte. „Beweg dich nicht."

Es dauerte nur einen Augenblick, um sie auf eine Seite zu setzen, wobei er sorgsam die Decke um ihre Schultern zog, damit ihr warm blieb.

Ein leises Lachen kam über ihre Lippen, das seine Sinne neckte. „Ach, und ich wollte doch gerade mit einem Fitnessprogramm loslegen."

James griff in die Tasche mit Vorräten, die er mitgebracht hatte, zog vorne den Reißverschluss auf, um zwei Taschenlampen herauszuholen. „Wenn du trainieren willst, bin ich ziemlich sicher, dass ich deinen Puls hochkriege."

Er schaltete die erste Taschenlampe an und stellte sie auf ein warmes Glühen ein. Dasselbe machte er mit der zweiten, dann platzierte er sie in entgegengesetzten Ecken des Aufzugs. Das Licht fing sich in Zierspiegeln und machte aus dem engen Raum eine gemütliche kleine Oase.

James warf einen Blick auf Kaylee, um zu sehen, dass ihre Augen weit offenstanden, ihre Lippen glänzten, als hätte sie gerade darüber geleckt.

O ja, er konnte tatsächlich etwas tun, das ihrer beider Herzen zum Hämmern brachte.

Er griff in die Tasche und holte eine Wasserflasche heraus, die er ihr reichte. „Trink. Ich will nicht, dass du dehydrierst."

Die Hitze in ihren Augen wich Erheiterung. „Du hast gerade gesagt, dass wir hier vielleicht eine Weile feststecken. Wenn du mir zu viel zu trinken gibst, nimmt das womöglich kein gutes Ende."

Gutes Argument, obwohl es wirklich nichts gab, worum sie sich Sorgen machen musste.

„Vertraue mir", sagte er leise. „Ein paar Schluck." Sie hatte genug Flüssigkeit als Tränen vergossen, die sie wirklich ersetzen musste.

Ihre Schultern hoben sich zu einem sanften Schulterzucken, weil sie offensichtlich willens war, ihn als rechthaberischen Bastard zu akzeptieren. „Glaub mir einfach, wenn ich sage, dass es einige Dinge gibt, die ich nicht teilen will."

Nun war es an ihm, zu lachen. Als sie die Flasche zurückreichte, nahm er sie in eine Hand, dann lehnte er sich entspannt an die Wand, die den Lichtern gegenüber war. Eine Sekunde später zog er sie auf seinen Schoß, sodass sie rittlings auf ihm saß, nahm sich die Zeit, ihr die Decke wieder über die Schultern zu legen.

Kaylee starrte nach unten, das sanfte Licht zeigte ihre besorgte Miene. „Was, wenn ich dir wehtue?", fragte sie noch einmal.

„Das wirst du nie", versprach er. „Nun, wenn man bedenkt, dass wir schon immer Freunde waren, ist es vielleicht am einfachsten, die Dinge zu intensivieren, indem wir einen Schritt nach dem anderen machen."

„Langsam machen. Das klingt sinnvoll." Sie schluckte. Neigte das Kinn. „Kann ich dich berühren?"

Oh, aber so was von. Er griff über seinen Kopf und packte sein T-Shirt, zog es aus und warf es zur Seite. „Sei mein Gast."

Obwohl er eine langsame Verführung im Sinn hatte, bestand er nicht darauf, dass sie es genauso machte. Stattdessen wartete James, während Kaylee ihm die Handflächen auf die Brust legte. So eine sanfte Berührung, während sie sich langsam vortastete, aber jeder Nerv war empfindsam und bereit für alles. Vorfreude baute sich auf, während sie leicht mit den Nägeln kratzte, sich nicht immer bewusst, dass ihre Atmung kurz aussetzte.

Sie streichelte ihn wieder, und ihre Augen wurden größer, als ein tiefes Knurren, das er nicht kontrollieren konnte, aus seinem Inneren grollte.

Er beobachtete sie. Atmete tief ein und nahm so viel wie möglich von ihrem Geruch auf, fühlte jedes Vibrieren, das sich ihren Körper emporstahl, das ihre Finger beben ließ.

James senkte die Hände auf ihre Hüfte, sanft, doch besitzergreifend. Suchte einen Ankerpunkt, eher, um sicherzustellen, dass er sie nicht so fest packte, dass es ihr wehtat, als alles andere ...

Er hatte die Kontrolle wiedererlangt, doch sie war flüchtig.

Der Rand ihres T-Shirts war nach oben gerutscht, und seine Daumen streiften nackte Haut. Während ihre Hände über seine Brust und Schultern kreisten, richtete sich ihr Blick auf die Verbindung zwischen ihnen, und er quälte sich, indem er langsam mit den Fingern über sie strich. Kontakt von Haut zu Haut. Der kleinstmögliche.

Sie rieb mit der Hand über die Stoppeln auf seinem Kinn, ein sanftes Lächeln krümmte ihre Lippen nach oben. „Ich kann nicht glauben, dass das passiert.“

In ihren Augen stand immer noch Traurigkeit, und er musste etwas tun, sofort. Musste sie dazu bringen, dass sie aufhörte, sich zu quälen, ehe die Schutzinstinkte in ihm den Bären erneut losließen.

„Du denkst zu viel darüber nach“, erklärte er ihr. „Unternehmen wir was dagegen.“

Er rutschte nur weit genug vor, dass sie sich näher beugen musste, um in der Mitte seine Lippen zu treffen.

Als sie das tat, spürte er, wie ein Schauer seinen Körper durchrüttelte. Seine Haut erwachte, während er ihren Geschmack in seinen Mund aufnahm, Glück und Freude, die entstanden, als würde die Leichtigkeit in ihrer Seele über seine Geschmacksknospen tanzen.

Er hatte gesagt, dass sie perfekt war, und während der Kuss sich vertiefte und Kaylee ihre Hände über seine Schultern und den Rücken gleiten ließ, sodass ihre Oberkörper aneinanderstießen, wusste er, dass es stimmte. Das hatte er noch niemals zuvor gespürt. Noch niemals so tief oder so erfüllend.

Das sexuelle Verlangen und der Drang, in ihr zu sein, waren wie eine heiß glühende Kohle in seinen Eingeweiden, doch die Erkenntnis, dass seine beste Freundin mit ihm knutschte, während Taschenlampen für Ambiente sorgten, ließ ihn an ihren Lippen lächeln.

Es war sexy, aber auch witzig. Genau wie sie.

Ihre Oberkörper waren so dicht beisammen, dass ihre Nippel über seine Brust rieben, die harten Spitzen unverhohlen und offensichtlich.

Kaylee drehte den Kopf weit genug weg, um den Kontakt abzubrechen, holte keuchend Luft, ehe sie sie als ein sanftes Seufzen an seiner Wange ausstieß. „Ich denke schon weniger", teilte sie ihm mit.

„Mehr", forderte er.

Sie verbanden ihre Lippen abermals, aber gleichzeitig griff sie nach unten und packte seine Handgelenke. Das Küssen war eine nette Ablenkung, doch er hasste es, ihre Hüfte loszulassen.

Das Zerren ihrer Hände war zu beharrlich, um es zu ignorieren. Trotzdem wollte James schon losgrollen, als Kaylee ihr Ziel erreichte, und seine mentalen Schaltkreise hatten einen Kurzschluss.

Sie hatte seine Hände an ihre Brüste gedrückt.

„Gottverdammt, Kaylee."

Selbst in seinen Ohren klang seine Stimme, als stünde sie kurz vor dem Flehen. Er verstand absolut, als Kaylee lachte. „Ich dachte, du hast gesagt, du willst mehr."

Diese Herausforderung konnte er verdammt noch mal annehmen.

Er berührte sie, und sie stöhnte vor Verlangen, ihr Kopf fiel nach hinten, während ihre Finger sich anspannen, ihre Nägel sich in seine Handgelenke bohrten.

Er bearbeitete sie noch einmal mit Finger und Daumen, liebkoste ihre Nippel, wie er es einen Augenblick zuvor bereits gemacht hatte. „Habe ich. Genau wie du."

Ihre Atmung beschleunigte sich leicht, ihr Puls hämmerte an ihrer Halsgrube. Die ganze Zeit zupfte und kniff James, hielt das Gewicht einer Brust in der Hand, während er die andere neckte.

Der Plan sah vor, dass sie langsam machten, aber es war unmöglich, nicht zum nächsten Schritt weiterzugehen. Er schob ihr T-Shirt nach oben, legte ihre Haut frei. Es dauerte nur eine Sekunde, ihr Gewicht so zu verlagern, dass er die Lippen um die steife Spitze legen konnte.

„*James.*" Sein Name war ein Stöhnen des Verlangens.

Nachdem er mit einem leichten Ploppen losgelassen hatte, leckte er die Spitze, dann blies er darauf.

Kaylee wand sich in einen Armen, hob sich auf die Knie. Brachte sich in eine Stellung, in der er noch müheloser spielen konnte.

Toll. Wie durch Magie war ihr T-Shirt weg, und er hatte beide Hände und den Mund auf ihr. Kaylee stieß ein Quietschen aus, hielt seinen Kopf fest.

Diesmal hatten vielleicht ein klein wenig die Zähne mitgespielt.

„Oh, James. *Ja* ...“ Das Wort hallte nach, während sie vor Verlangen zischte. Er saugte wieder, fest genug, um ihr ein Keuchen zu entlocken.

Er hätte das den ganzen Tag tun können, und irgendwann würde er das auch. Aber die Art, wie sie sich auf ihm wand, sagte, dass seine Frau etwas mehr als nur diese Spielerei brauchte, so entzückend sie auch war.

Er vergrub das Gesicht zwischen ihren Brüsten und holte tief Luft, griff wieder nach ihren Hüften.

Ein leises, bedürftiges Geräusch stieg aus ihrer Kehle auf.

„Schon in Ordnung, Kaylee Kat. Ich kümmere mich um dich.“ Noch ein Versprechen. Eines, auf das er sich unfassbar freute.

Er schob ihre Beine weiter auseinander, bis sie über seinen Oberschenkeln ausgebreitet saß. Dann fasste er sie an den Hüften und zog sie näher. Sah zu, wie sich ihre Augen erneut weiteten, und ihr Mund vor Lust ein O formte.

„Fühlt sich gut an?“, fragte er mit einem Grinsen.

Was aus ihrem Mund kam, war nicht ausformuliert, doch es war verständlich. Er schob sie erneut an sich, rieb den Mittelpunkt ihres Geschlechts über das Bleirohr, das sich in seiner Jeans wölbte. Als er sich nur ein kleines bisschen vor beugte, streiften auch ihre Oberkörper einander, ihre Nippel schoben sich über die Haare auf seiner Brust.

Kaylee packte ihn an den Schultern, biss sich auf die Unterlippe, während sie es ihm gleichtat und gegen ihn stieß, sodass ihre Lust sich noch erhöhte.

Er nahm ihre Lippen, nahm ihren Mund gierig in Besitz, noch während der Druck in seinem Schwanz bis in die Wirbelsäule aufstieg. Ein prickelndes Gefühl, das vertraut und doch brandneu war. Ihre Zunge focht mit seiner, ihre Fingernägel bohrten sich in seine Schultern, während sie heftig pulsierte, versuchte, den Höhepunkt zu erreichen.

Er ließ eine Seite ihrer Hüfte los, damit er die Hand wieder an ihre Brust heben konnte, um eine ihrer Brüste zu fassen, wobei er die feste Spitze zwischen Daumen und Zeigefinger rollte. Seine andere Hand drückte sich fest an ihren unteren Rücken, während er sich an ihr rieb.

Sämtliche Feinheiten hatten ein Ende. Es war ein heftiges, wildes Ruckeln zwischen ihnen, das perfekt und schmutzig und verzweifelt war.

Kaylee ließ den Kopf zurückfallen, als ihr ein Schrei über die Lippen drang. Ihr Körper pulsierte an seinem, ihr Herz raste laut genug, um wie ein Trommelwirbel in seinen Ohren zu klingen.

Er zog sich weit genug zurück, um ihr in die Augen zu schauen, und das sorgte dafür, dass er kam. Das unbeschwerte, völlige Vergnügen auf dem Gesicht der Frau, die er für immer zur Seinen machen wollte.

9

____

Küsse streiften ihre Wangen und ihr Kinn. Hände streichelten träge ihre Brüste, ehe sie nach unten sanken, um über ihren Oberschenkel zu streichen. Ihr Verstand arbeitete nicht sonderlich gut, aber alle anderen Körperteile waren in Bestform. Es spielte keine Rolle, dass einige von ihnen in letzter Zeit nicht sonderlich oft im Einsatz gewesen waren.

Sie hatten alle ganz gut funktioniert, vielen Dank aber auch.

James drückte ihr die Lippen an die Schläfen. „Wie geht's dir, Kaylee Kat?"

Er erwartete, dass sie jetzt sprechen konnte? „Huh."

Ein leises Kichern kam von James, während er mit den Fingern ihren Hals hinabfuhr. Nach unten glitt, bis seine Hand auf der Wölbung ihrer Brust lag. „Mir auch", stimmte er zu.

„Wenn wir schon in einem Aufzug feststecken, schätze ich, ist das gar nicht so schlecht."

Sein Lachen wurde stärker. „Willst du sagen, du wurdest angemessen unterhalten?"

„Nun", setzte sie nachdenklich an. „Es ist nicht ganz so unterhaltend wie der Marvel-Marathon, den du mir versprochen hast, aber im Notfall geht das schon."

Ein leises Quietschen wurde laut, als er sie buchstäblich in den Hintern kniff und neckend eine Warnung murmelte. „Benimm dich."

„Wo wäre denn da der Spaß?" Kaylee drückte ihm die Handflächen an die Wangen, musterte sein Gesicht sorgsam. „Ist alles in Ordnung? Ich weiß nicht, was ich mit dem Fieber und allem zu erwarten habe."

Er zuckte mit den Schultern. „Ich bin mir selbst nicht sicher, aber wir werden schon klarkommen. Nun, da du aufgehört hast, das Unvermeidliche zu vermeiden."

Sie hatte aufgehört, sich gegen ihn zu wehren, aber ihre Sorgen blieben. Waren vorübergehend eingeschlossen, denn alles in ihr brüllte immer noch, dass es nicht gerecht war, dass James mit ihr festsitzen sollte.

Aber Timing war alles. Sobald die Wahrheit herauskam, würden sie damit klarkommen müssen, doch im Augenblick würde sie alles tun, was in ihrer Macht stand, um dafür zu sorgen, dass er nicht leiden musste, und sicherstellen, dass er wusste, wie wichtig er ihr wirklich war. Es war das Einzige, was ihr einfallen wollte, um die bevorstehenden Schwierigkeiten zu erleichtern.

Kaylee strich mit den Fingerknöcheln über die rauen Stoppeln auf seiner Wange. „Wenn es irgendetwas gibt, was du brauchst, lass es mich wissen."

Er hob eine Augenbraue. „Obwohl wir immer noch in einem Aufzug festsitzen?"

Sie seufzte. „Wie du gesagt hast, wir können eine Weile hier sein. Ich will nicht, dass du leidest."

„Ich auch nicht. Ich glaube, wir könnten uns eine heiße

Dusche und ein weiches Bett vor der nächsten Runde suchen."

Es war nicht damenhaft, aber sie konnte nicht verhindern, dass sie schnaubte. „Klar. Machen wir uns gleich an die Arbeit."

Einen Augenblick später war sie wieder in der Luft – *verdammte Bär* –, bevor sie auf die Beine gestellt wurde. Sie griff vor, um ihr Gleichgewicht zu finden, doch James war da, hielt sie fest, bis sie stabil stand. „Warte hier", befahl er, legte ihre Hand an das feste Metall des Fahrstuhls.

Sie lehnte sich an die Wand.

Er beugte sich nach unten und wühlte einen Augenblick lang in seinem Rucksack, ehe er sich zu den Aufzugtüren begab. Er schob einen überdimensionierten Schraubenschlüssel in den kleinen Schlitz dazwischen und übte größeren Druck aus, bis eine winzige Lücke erschien. Mit reiner, brutaler Kraft schob er die Türen auseinander, auf der anderen Seite wartete Dunkelheit.

Kaylee trat dichter an die Wand. „Funktionieren ausfallsichere doppelt redundante Systeme noch, wenn man die Tür öffnet und – *o mein Gott*, was machst du da?", schrie sie, als James sie in die Arme hob.

Das wenige Licht von den Taschenlampen in den Ecken warf unheimliche Schatten auf sein Gesicht, als er sie grinsend zur Todesfalle der Öffnung trug. „Bin unterwegs zu einem Bett."

Sie schrie auf, als er ins Nichts trat ...

Eine Sekunde später nahm er die Wucht der Landung auf, und sie öffnete die Augen, um festzustellen, dass sie in einem schwach beleuchteten Gang waren. Hinter ihnen standen die Aufzugtüren offen, der Boden etwa auf der Höhe von James' Taille.

Kaylee hob eine Faust und stieß sie ihm vor die Brust. „Du Bastard. Du hast mich zu Tode erschreckt."

Nur dass sie lachte, und das tat er auch, während er nach hinten in den Aufzug griff. Er nahm eine der Taschenlampen und reichte sie ihr. „Ich wünschte wirklich, die Sicherheitskameras würden laufen, denn dein Gesicht in diesem Augenblick zu sehen, wäre unbezahlbar gewesen."

„Du hast Glück gehabt, dass ich mir nicht in die Hose gemacht habe", murmelte sie.

Ein lautes Lachen stieg auf. „Du bist hysterisch, Banks."

„Ich sollte auch hysterisch sein", sagte sie, schlang ihm einen Arm um den Nacken und streckte den anderen aus, damit die Taschenlampe den Gang beleuchtete. Er ging auf den Notausgang zu, hielt sie in seinen Armen. „Das geht alles ein wenig schnell, und du hast uns gerade aus einem Fahrstuhl geworfen. Ich dachte, wir würden in den Tod stürzen."

Ein tiefes Grollen entwich ihm, und Kaylee erbebte.

Himmel nochmal, was *war* das nur mit seinem Knurren? Oder genauer gesagt, was war es, was das mit ihrer Libido anstellte? Klar, zwischen ihnen gab es haufenweise anhaltende sexuelle Spannung, aber das Geräusch trieb sie weit über Vorfreude hinaus, während feurige Hitze über ihre Haut glitt.

Sie warf einen Blick auf sein Gesicht.

„Da wir zurück zu meiner Wohnung gehen und weiterhin das Paarungsfieber genießen wollen, glaube ich doch kaum, dass ich etwas so Dummes tun würde, um das zu vermasseln. Ich will dich, Kaylee, und nun wird uns nichts mehr aufhalten."

Nicht einmal, wie es schien, neun Stockwerke Stufen.

„Ich. Kann. Gehen", sagte Kaylee zwischen den Erschütterungen, als er nach oben rannte.

Er beachtete sie nicht, lief mit ihr in den Armen in einer Geschwindigkeit, die weit über alles hinausging, was ihr möglich gewesen wäre. Also ... gebongt?

Sie kamen im obersten Stockwerk an, und er schob mit der Schulter die Tür zu seiner Suite auf, ohne sie loszulassen. Überall waren Spuren ihrer schnellen Flucht, darunter die durchnässte Jeans, die verlassen auf dem Boden lag.

James trat darüber hinweg und begab sich direkt zum hinteren Teil der Wohnung. Als er ins Badezimmer trat, lachte sie.

„Ich habe das Gefühl, das haben wir schon mal gemacht", neckte Kaylee. „Vielleicht vorhin?"

Er stellte sie ab. „Ich gebe nur ungern zu, dass meine Erinnerungen ein wenig getrübt sind."

Oh. „Das Paarungsfieber."

Er drehte die Dusche an, und Dampf breitete sich aus. „Es ist witzig. Ich erkenne schon, dass es da ist, aber es vernebelt mir nicht das Gehirn so wie vorhin."

„Dein Bär hatte so ziemlich das Sagen", erklärte sie ihm. „Und obwohl ich diese Seite an dir mag ..." Oje. Es gab keine wirklich höfliche Art, das auszudrücken. „Du bist nicht immer die größte Leuchte, wenn du in dieser Gestalt bist."

Er zog ihr ihre Klamotten aus, und seine, dann holte er sie zu sich in die Dusche. „Das ist keine Beleidigung. Ich glaube nicht, dass viele Eisbären in ihrer Tiergestalt klüger werden. Ein besserer Geruchssinn, ja. Und Kämpfer, falls es um reine Kraft geht. Ich glaube, die meisten Shifter sind in ihrer Menschengestalt klüger."

Das sehe ich anders, kommentierte ihre Katze, noch während sie selbstgerecht schnurrte, sich in dem hitzigen Kontakt zwischen James' und Kaylees nackten Körpern sonnte.

Sei still, tadelte Kaylee.

Dann waren sämtliche Unterhaltungen, ob innerlich oder äußerlich, vorbei. Auf James' Agenda stand etwas anderes als Reden, und in wenigen Augenblicken atmete Kaylee zu schwer, um noch sprechen zu können.

Er berührte sie sanft. Andächtig. Als wäre sie ein teures Geschenk, mit dem er gar nicht gerechnet hätte.

Während in seinen Augen Hitze aufleuchtete, wurden seine Berührungen besitzergreifender. Seine Finger packten etwas fester zu, seine Liebkosungen wurden gieriger.

James ragte über ihr auf, ihre Schultern waren fest an die Kacheln gedrückt. Er hatte einen Arm über ihrem Kopf, sein Blick war auf ihren fixiert.

„Das haben wir noch nie gemacht", rief er ihr in Erinnerung, direkt bevor er die Hand nach unten gleiten ließ, um sie besitzergreifend zwischen ihre Beine zu legen.

Das Quietschen, das ihr entwich, war peinlich, doch etwas weniger als das Stöhnen, das gleich darauf folgte, als er ihr die Finger zwischen die Schamlippen schob. Sie war feucht – und das hatte gar nichts mit der Dusche zu tun.

Sein Lächeln war mehr als nur selbstgefällig.

„Du riechst köstlich", merkte er an.

Ihre Antwort kam keuchend, als sein Daumen fest an ihre Klitoris drückte und er zwei Finger tief in sie hineingleiten ließ.

Kaylee schlang die Finger um seinen Unterarm, nicht, um ihn aufzuhalten, sondern weil...

O mein Gott, sie wusste nicht, weshalb. Sie musste sich an etwas festhalten, oder sie würde zerschmelzen und im Abfluss verschwinden.

„So feucht. So rutschig und eng." Er brummte fröhlich, während er die Finger zurückzog und sie dann wieder hineinstieß.

Sie hatte an dieser Stelle wirklich gar nichts zu sagen, denn es wäre gelogen gewesen, ihm zu sagen, dass sie das nicht wollte, und es war offensichtlich, dass er auf gar keinen Fall aufhören würde. Die Freude, die in seinen Augen stand, während sein Blick auf ihren gerichtet blieb, war genauso herrlich wie der Druck, der sich in ihrem Innersten aufbaute.

„James", flüsterte sie, ihre Beine zitterten so sehr, dass sie nur durch die Finger in ihr aufrecht gehalten wurde.

„Schon in Ordnung", versicherte er ihr. „Ich halte dich. Ich brauche das."

Da waren sie schon zwei. Unter ihren Fingern spannten sich die Muskeln seines Unterarms immer wieder an. Stählerne Bänder, die sich wie ein mechanisches Fick-Gerät bewegten, dass nur zu ihrem Vergnügen existierte.

Er wurde schneller, seine Finger drangen tiefer ein und fanden in ihrem Inneren die perfekte Stelle, um sie bis ins Weltall zu katapultieren. Ihr Inneres spannte sich um seine Finger an, während die Geräusche und Gerüche von Sex im Dampf um sie herum aufstiegen.

Ihre Beine bebten immer noch, als er auf die Knie sank, und plötzlich war seine Zunge auf ihr, bearbeitete ihre Klitoris, während seine Finger sie weiterhin quälten, und was sie für das Ende gehalten hatte, wurde zum Anfang eines ganz neuen Orgasmus. Da die Lust zu groß war, um still zu halten, stießen ihre Oberschenkel klatschend an die Wand hinter ihr.

James drückte ihr eine Hand auf den Bauch, um sie aufrechtzuhalten, aber er hörte nicht auf, und genauso wenig ihr Orgasmus.

Am Ende fing er sie, als sie zu Boden rutschte, holte sie auf seinen Schoß, um die Stellung zu wiederholen, die sie vorhin schon eingenommen hatten. Nur dass sie jetzt beide nackt waren, und sein ganzer dicker Schwanz sich steif an ihre Klitoris presste.

Ein festes Pulsieren kam in ihrem Inneren auf. Eine Fortsetzung ihres vorigen Orgasmus? Kaylee glaubte nicht, dass er je aufgehört hatte, aber so besinnungslos, wie sie sich fühlte, wusste sie, was sie genau jetzt wollte.

Es gab kaum Zweifel daran, dass das auch ihm Spaß machen würde.

Sie brauchten kein Kondom – da es keine Geschlechtskrankheiten unter Shiftern gab, und sie die Pille nahm, gab es nichts zu tun, als sich auf die Knie aufzurichten und zwischen ihre Beine zu greifen, um seine große Erektion zu nehmen.

James fluchte, und dann waren seine Finger an ihrem Kinn, hoben ihren Blick, um seinem zu begegnen. *„Kaylee."*

Sie schob ihn zurück, wiegte die Hüften, um die Spitze mit ihrer Feuchtigkeit zu bedecken. „Ich bin wirklich froh, dass du nicht irgendetwas Dummes getan hast, zum Beispiel, mir zu sagen, dass es in Ordnung wäre, zu warten."

„Du verabscheust es doch, wenn ich lüge", erwiderte er unverblümt.

Dann brüllte er, denn sie glitt auf ihn, sein Schwanz drückte sich an ihr Geschlecht. Füllte sie völlig aus, löste eine weitere Runde Explosionen aus.

Sie hatte ihn angestarrt, während sie sich bewegt hatte. Seine Augen waren zusammengekniffen, und sein Gesicht hatte sich zum schmerzvollsten Ausdruck verzogen, den sie je bei ihm gesehen hatte. „Alles in Ordnung?"

Heißes Wasser prasselte auf sie hinab, und Dampf füllte ihre Lungen bei jedem Atemzug, doch als er die Augen öffnete, war es ganz James. Er war der Grund, dass Hitze über ihren Körper wogte, ihre Sinne sich entzündeten und ihr Verlangen hochschnellte.

Er schlang die Arme um sie, fasste sie am Nacken. „Noch niemals besser", versicherte er. „Niemals."

Er küsste sie, stieß an ihre Zunge, stieß in ihren Mund, genauso wie er in ihren Körper stieß. Die Arme um sie spannten sich an, und er hob sie, sodass er sich zurückziehen und dann tief vordringen konnte. Eine intime Verbindung, bei der ihre Körper ineinanderglitten. Er füllte ihre Sinne an.

Er füllte sie an.

Nicht nur körperlich – obwohl, *hui, das war schon was* –, aber er berührte sie auf eine Weise, die klarmachte, dass sie ihm wichtig war. Während er ihr Küsse entlang des Kinns gab und an ihrem Ohr knabberte, murmelte er leise Worte, die sagten, dass er genau wusste, mit wem er hier war. Dass er hier sein wollte.

„Du gehörst mir", knurrte James leise. „Im Augenblick und morgen und übermorgen. Ich erwähle dich."

Zum Teufel damit. Wenn ein Kerl so verdammt nett war, war es Zeit, sich geschlagen zu geben. „Okay."

Er kicherte. „Okay?"

Sie wehrte sich gegen ihr Kichern, zumindest, bis er so heftig nach oben stieß, dass aus dem Lachen ein Stöhnen wurde, und dann kam sie schon wieder. Anders, besser, denn sie spannte sich um seinen Schwanz an, und seine Augen rollten nach hinten, und er ließ es klingen, als hätte er gerade im Lotto gewonnen.

Und während sie sich danach aneinanderklammerten, musste sie zugeben, dass es etwas ziemlich Mächtiges war, wenn man sehen konnte, wie James Borealis völlig die Kontrolle verlor.

Jetzt musste sie die Kraft finden, um dafür zu sorgen, dass er es niemals bedauerte.

10

———

So viel also dazu, es langsam angehen zu lassen.

Sie waren nicht einmal abgetrocknet, ehe James sie aufs Bett warf. Er war bei ihr, bevor sie hochschnellte, sodass er sie von Neuem verzehren konnte.

Er war allerdings ein Gentleman. Größtenteils. Er sorgte dafür, dass er jeden Quadratzentimeter ihres Körpers sorgsam ableckte, bis sie keuchte, bevor er sich auf sie legte und seinen Schwanz tief hinein stieß.

Beim dritten Mal, als sie fertig wurden, schrien sie vor Wonne, brachen wie knochenlose Fleischstücke auf der Matratze zusammen, Kaylee wedelte mit der Hand in seine Richtung und stöhnte. „Auszeit. O mein Gott, bitte. Ich will eine Auszeit."

James holte tief Luft und dachte darüber nach. „Vielleicht kann ich eine Weile aufhören."

Etwas, das verdächtig nach *gottverdammter Sexsüchtling* klang, kam über ihre Lippen.

Er rollte sich herum, wollte sich um sie legen. Als seine Hand unabsichtlich nach oben wanderte, um ihre Brust zu fassen, schnappte sie sich seinen kleinen Finger und drehte ihn so fest, dass er die Hand wieder nach unten gleiten ließ. „Auszeit heißt, wenn du in den nächsten fünfzehn Minuten irgendeine meiner erogenen Zonen berührst, mache ich Kleinholz aus dir."

„Was, wenn es unabsichtlich ...?"

Zu seiner Erheiterung entschlüpfte ihr ein wildes Knurren.

James schmiegte sich an ihren Nacken. Er ließ die Hand zur Sicherheit an den Bauch gedrückt, denn, obwohl es ihm nicht erlaubt war, eines der guten Teile zu betatschen, fühlte sie sich insgesamt streichelwürdig an.

Es dauerte lange, bis ihr Puls wieder in eine Art normale Region zurückkehrte. Und obwohl definitiv weiterer Sex auf dem Plan stand, musste James es zugeben, als ihnen beiden gleichzeitig der Magen knurrte: „Jetzt brauche ich doch dringender etwas zu essen, als ich ficken muss."

„Gott sei es gedankt. Nicht, dass es nicht spektakulär gewesen wäre, aber ich verhungere hier", warnte ihn Kaylee.

Sie glitt aus seinen Armen und in die Dusche, und diesmal ließ er sie allein ziehen.

Essen, erinnerte ihn sein Magen. Sie konnten es später noch einmal mit Sex in der Dusche versuchen.

Aber nicht so viel später.

James sah nach seinen Nachrichten, während Kaylee rasch duschte, aber für die Arbeit stand eigentlich nicht wirklich etwas Dringendes auf seiner To-do-Liste in der nächsten Woche. Jetzt, da Cooper wusste, was los war, war James sicher, dass der Rest seiner Familie eine Warnung erhalten würde, dass er nicht einsatzbereit war.

Was viel Zeit ließ, damit er und Kaylee Spaß haben konnten. Außerdem Zeit, um sich mit den Sorgen zu befassen, die immer wieder in den Blick dieser herrlichen Frau traten.

Er glaubte nicht, dass sie merkte, dass sie es tat: in nur einem Augenblick von einem Lächeln, als hätte die Katze sich den Kanarienvogel geholt, zu einem Kauen auf der Unterlippe zu wechseln, während sie furchtsam ins Nichts starrte.

James ließ den Blick über sie gleiten, als sie ins Zimmer zurückkam. Nein, es musste ausreichend Zeit für alle wichtigen Dinge geben, darunter, sie zu überzeugen, dass sie das Beste war, was ihm je passiert war.

Kaylee war gerade dabei, sich die Haare abzutrocknen, als sie innehielt und zu ihm zurückstarrte, ehe sie ihn spielerisch in den Arm knuffte. „Mein Gott, ist das nervig. Wirst du die ganze Woche so grinsen?"

„Wie willst du denn, dass ich grinse?", fragte er, ehe er sich wegduckte.

Sie lachte noch immer, während er hinüber zu seiner Kommode ging und ein T-Shirt herauszog. Er warf es ihr zu, beobachtete amüsiert, wie sie sich das übergroße Kleidungsstück über den Kopf zog, ohne erst das Handtuch abzunehmen.

Ihre Anständigkeit würde ihn noch umbringen. „Ernsthaft? Was soll denn dieser Unfug?"

„Einige von uns sind eben keine Exhibitionisten." Kaylee sammelte ihre Sachen ein und ging zum Wäscheraum. Vermutlich würde sie eine Waschmaschine anwerfen und ihre Klamotten trocknen. Nun gut, das konnte sie schon tun, aber es war ja nicht so, als würde sie die nächste Woche über sonderlich viel tragen. Nicht, wenn er dazu etwas zu sagen hatte.

Allerdings zog er aus Rücksicht eine Jogginghose an,

und auch, weil es nicht allzu unterhaltsam war, sein Teil steigen und fallen zu sehen wie ein Barometer im Sturm.

Obwohl er vorhatte, den Großteil der Woche im Bett zu verbringen, konnten sie nicht die ganze Woche dortbleiben. Sicher nicht, falls er ihr nicht in regelmäßigen Abständen etwas zu essen gab.

Ihr rascher Blick, als sie aus dem Wäscheraum kam, brachte ihn zu der Erkenntnis, wie weit sie in dieser neuen Beziehung noch kommen mussten. Die Anspannung in ihren Schultern hatte nicht nachgelassen, bis sie bemerkte, dass er zumindest teilweise bekleidet war.

Sie waren schon immer Freunde gewesen. Aber *nur* Freunde – und er musste sich das in Erinnerung rufen, ganz gleich, wie natürlich es sich anfühlte, diese Grenze überschritten zu haben.

Aber nun, als er ihr in die Küche folgte, war sein Bedürfnis, sie zu beschützen, übermächtig. Nicht nur, sie vor Schaden von außen zu bewahren, sondern auch und vor allem aus dem Inneren, vor dem, was sie unglücklich machte.

Während sie die Kühlschranktür öffnete, legte er eine Hand auf ihre. Er führte sie vorsichtig zurück, schloss die Tür und zog sie in seine Arme. „Du machst es schon wieder", sagte er leise.

Kaylee drehte sich, bis sie den Kopf an seine Brust legen konnte. „Tut mir leid. Ich mach mir nur Sorgen."

„Treffen wir eine Vereinbarung. Du darfst dir Sorgen machen, solange ich mich um dich kümmern darf."

Kaylee lachte. „In anderen Worten glaubst du, du darfst mich herumkommandieren."

„Nur so weit, wie es mir schon immer möglich gewesen ist, Banks. Also gar nicht."

Er schob ihr die Finger unters Kinn und hob es, bis er

ihr einen Kuss auf die Lippen drücken konnte. Sachte und intensiv, aber kurz. Er drückte sie fest, dann zog er sich zurück.

„Es ist Zeit, uns was zu essen zu holen. Denn obwohl ich außerordentliche Kontrolle zu haben scheine für jemanden, der mitten im Paarungsfieber steckt, gibt es keine Garantie, dass das so bleibt." Das war unverblümt gesprochen, aber so war sie besser vorbereitet. „Ich werde nichts tun, das dir wehtut", sagte er.

„Himmel, natürlich nicht. Vor allem, weil ich dich auf die Knie zwingen würde, wenn du das versuchst", setzte ihn Kaylee knapp in Kenntnis. „Ich kenne dich, Borealis. Wir kennen einander. Die Zeit, die wir unter vier Augen verbringen, ist nicht die, um die ich mir Sorgen mache."

Das sollte sie aber. Sie hatte gar keine Ahnung, wie sehr er sich darauf freute, sie noch einmal zu nehmen …

Sie warfen rasch eine Mahlzeit zusammen, aber als sie die Teller auf den Tisch stellen wollte, schüttelte er den Kopf. Er ließ sich in seinem übergroßen Relaxsessel nieder und klopfte auf seine Oberschenkel.

Kaylee hob eine Augenbraue, noch während sie herüberkam, um vorsichtig auf seinen Schoß zu steigen. „Was hättest du gemacht, wenn ich Suppe statt Sandwiches zubereitet hätte?"

„Sie sehr, sehr vorsichtig gegessen", versicherte er ihr.

Er hatte allmählich heraus, dass das merkwürdige Gefühl, das seine Haut folterte, nur da war, wenn er sie nicht berühren konnte. „Ich werde dir in nächster Zeit ziemlich auf den Pelz rücken", warnte er sie vor.

„Damit habe ich kein Problem." Kaylee, die zu viele Jahre, als dass man sie zählen könnte, bei allem möglichen Unfug an seiner Seite gewesen war, schenkte ihm ein strahlendes Grinsen. „Ich lebe hier gerade in einem lustvollen Nebel. Dass du mir auf dem Pelz rückst, ist kein Problem."

Kaylee biss von ihrem Sandwich ab, hob einen Finger, um einen Klecks Senf abzunehmen, der ihr entwischt war und im Mundwinkel hing. Er konnte den Blick nicht von ihren Fingern lösen, während sie sie ableckte.

Ihre Lippen – berauschend.

Eine Weile saßen sie schweigend da, mit dem Essen beschäftigt. Aus gutem Grund, denn sie hatten in den letzten zwei Stunden sicher eine Million Kalorien verbrannt.

Erst, als der Teller halb leer war, stieß Kaylee ein Seufzen aus und wurde langsamer.

„Soll eigentlich irgendwas passieren?", fragte sie. „Ich meine, in Bezug auf seltsame Dinge, die vorgehen."

„Vielleicht. Ich weiß es nicht sicher", gab er zu.

Kaylee knurrte leise, bevor sie einen ordentlichen Bissen von ihrem Sandwich nahm. „Ich muss sagen, dieses ganze Schweigen darüber ist ziemlich dumm, wenn man mal darüber nachdenkt. Man möchte meinen, männliche Eisbären-Shifter wären eher geneigt, Einzelheiten auszutauschen."

„Die einzigen Einzelheiten, von denen ich weiß, dass Typen sie rauslassen, sind Möglichkeiten, um zu vermeiden, vom Paarungsfieber in die Falle gelockt zu werden." Er bedauerte die Worte, sobald sie seinen Mund verlassen hatten, denn sie sah wieder traurig aus. „Kaylee, ich wollte dieses Jahr das Paarungsfieber nicht vermeiden." Normalerweise hätte er dieses Wissen nicht mit ihr geteilt, aber wenn man bedachte, dass sie auf ewig zusammen sein würden, musste sie es erfahren.

„Opa hat uns Anfang des Jahres ein Ultimatum gestellt. Hat gesagt, dass er will, dass wir drei uns paaren, oder er würde Borealis an Midnight Inc. verkaufen. Meine Brüder und ich haben zugestimmt, dass wir ..." Er hielt inne, als die Miene auf ihrem Gesicht sich von Ärger zu Sorge bis hin zu völligem Entsetzen wandelte. „Was?"

Sie saß stocksteif da, völlig angespannt in seinen Armen. „Normalerweise hättest du alles getan, was in deiner Macht steht, um dem Paarungsfieber aus dem Weg zu gehen. Opa Giles hat dich *gezwungen*, dich mit mir einzulassen?"

Verdammt, das würde kein gutes Ende nehmen.

„Nein, so war es nicht", setzte James an, ehe er gewissermaßen die Wahrheit bestätigen musste. „Na, okay, es war so, aber er hat mich nicht gezwungen. Wirklich."

„Ich bringe ihn um." Der Zorn in ihren Augen sagte, dass sie womöglich nicht scherzte.

„Hey, es ist in Ordnung. Ich meine, ja, er war schon ein Arschloch, dass er das Gesetz so festgelegt hat, aber gleichzeitig bin ich froh."

Kaylee wollte ihm nicht in die Augen schauen. „Ja, richtig, denn du wolltest unbedingt für den Rest deines Lebens mit mir festsitzen."

Okay, genug von diesem Schwachsinn. James nahm sie am Kinn und drehte ihr Gesicht zu sich. Er funkelte und ließ sie seinen ganzen Ärger sehen. „Mach das noch mal, und ich lege dich übers Knie. Wie oft muss ich dir denn sagen, dass ich das erwählt habe? Ja, vielleicht wurde ich anfangs ein wenig dazu gedrängt, aber das ist keine Katastrophe, und du bist kein Fehler. Und wenn du das weiterhin sagst, bin ich bald ziemlich angepisst. Hör auf, Banks. Du bist verdammt perfekt, und das ist das Ende der verfickten Geschichte."

Er funkelte sie an. Sie erwiderte den Blick mit gerunzelter Stirn.

Ihr Mundwinkel zuckte. Ihr ganzer Körper war fest angespannt, und sie sah aus, als würde sie gleich in Tränen ausbrechen.

Schuldgefühle machten sich in ihm breit. „Oh, Liebling, es tut mir leid, dass ich dich angeschrien habe."

Ihre Lippen zitterten. Dann noch einmal, fester, und er wollte sich erneut entschuldigen, als sie in Gelächter ausbrach und ihn damit völlig unvorbereitet traf.

Erinnerungen strömten auf ihn ein, als er zum ersten Mal diese Freude und Erheiterung gesehen hatte. Zehn Jahre alt und dick befreundet seit dem Augenblick, als ihre Familie ins Nachbarhaus seiner Familie eingezogen war. Sie hatten sich über Nacht angefreundet. Unzertrennlich, ob sie nun spielten, kämpften oder einfach nur mit dem Aufwachsen beschäftigt waren.

Es hatte immer etwas zu lachen gegeben.

Wie damals, als er beschlossen hatte, dass er sich rasieren würde. Was keine fürchterliche Katastrophe geworden wäre, nur dass Kaylee, seine stets anwesende Freundin, ihn irgendwie davon überzeugt hatte, dass zum Rasieren auch die Achseln, Arme und Beine gehörten, und der leichte Flaum, der auf anderen Teilen seines Körpers wuchs.

Hey, sie sahen es doch die ganze Zeit in der Werbung, oder? Doch es war nicht das Rasieren, bei dem sie die Beherrschung verloren und gelacht hatte wie eine Hyäne, sondern seine Schreie, als ihm klar geworden war, dass die Seife, die er aufgeschäumt hatte, ein scharfes Zimtextrakt enthielt.

Die Erinnerung verschwamm mit anderen: Jahre der Hausaufgaben, Campen im Hinterhof und Gartenarbeiten, Halloween-Feste, die sie zusammen verbracht hatten. Die

Verbindung zwischen ihnen wurde in seinen Gedanken klarer als je zuvor.

James stellte zur Sicherheit ihren Teller zur Seite, ignorierte das Gelächter, das inzwischen zu einem Kichern zusammengeschmolzen war, das in ein leichtes, von einem Schluckauf begleitetes Schnauben überging.

Er wartete. Lange.

Ihre Lippen bebten noch immer, während sie eine Hand aufs Gesicht legte. „Du musst wirklich lernen, zu sagen, was du denkst."

Ihm entwich ein trockenes Lächeln.

„Ich meine, wie soll ich denn je wissen, was du denkst, wenn du mir nicht mitteilst, was du mir gegenüber empfindest?", neckte sie ihn.

Sie beugte sich vor und küsste ihn, direkt auf die Nasenspitze.

Er schüttelte den Kopf. „Netter Versuch, Kleine, aber das reicht nicht."

Kaylee seufzte, als hätte man ihr übel mitgespielt. „Du hast es klar gesagt, darum werde ich zuhören, anstatt zu streiten ..."

„Kann ich das schriftlich haben?"

„... und dir glauben. Du wolltest das. Und obwohl ich nicht ganz verstehe, weshalb, bin ich froh. Denn du bist mein bester Freund. Und ich will dich glücklich machen."

James tippte auf seine Lippen. „Dann küss mich."

Sie hob eine Augenbraue. Sie beugte sich vor und streifte seinen Mund, um die Lippen dann auf seine Wange zu drücken.

„Kaylee ...", warnte er sie.

„Zielübungen", beharrte sie, während sie sein Gesicht mit Dutzenden Küssen bedeckte. Sich entlang seines Kinns zum Ohr vorarbeitete, wo sie seine Gedanken völlig benebelte, indem sie an seinem Ohrläppchen knabberte.

Als sie anfing, sich über seinen Hals nach unten zu arbeiten, beschloss James, dass er definitiv genug gegessen hatte. Es war Zeit für etwas trägen Sex.

11

Bis zum dritten Tag hatte Kaylee Dinge erfahren, die sie nie für möglich gehalten hätte:

1) Eisbären-Shifter konnten kommen und in nur dreißig Sekunden trotzdem weiterficken.

2) Bären im Paarungsfieber fickten mehr, als sie schliefen.

3) Ihr bester Freund hatte eine magische Zunge.

Okay, Letzteres hätte sie vielleicht für möglich gehalten, doch es sicher zu wissen, war einfach himmlisch.

Nur zum Spaß stieg sie auf die Waage, als ihr ein kurzer Augenblick zwischen Vernaschtwerden in der Dusche und Vernaschtwerden an der Wand im Gang blieb. Sie starrte schockiert auf die Zahlen.

„Was?", fragte James, der ihr mit den Fingern über die Körperseite strich. Er war selten mehr als eine Armlänge entfernt, was für sie in Ordnung war, denn jedes Mal, wenn er weiter weg war, bekam sie dieses seltsame Ziehen im Bauch.

„Ich habe fünf Kilo abgenommen", erklärte sie.

„Ich habe dir doch was zu essen gegeben", beharrte er.

„Das weiß ich", sagte sie mit einem Hauch Ärger. „Das müssen diese ganzen krassen Bären-Tricks sein."

„Ich gebe dir mehr zu essen", bot er an. „Ich wollte heute Nachmittag sowieso Lebensmittel liefern lassen. Chinesisch? Thai? Pizza? Ach was, ich bestelle einfach alle drei. Das macht es einfacher."

„Ich will eine Barbecue-Pizza mit Grillsoße statt Tomate ...", setzte Kaylee an, doch James wedelte einfach mit der Hand und beendete ihren Satz für sie.

„... keine Tomatensoße. Doppelt Käse, und du möchtest extra Chipotle-Dip."

Sie grinsten einander an.

Ihr Telefon läutete. Ambers Klingelton.

Kaylee warf einen Blick auf James, nicht, weil sie ihn um Erlaubnis bitten wollte, sondern weil sie mitten in etwas ziemlich Heftigem waren, und das wollte sie respektieren.

Seine Miene wurde weich, und er trat vor, strich mit der Hand über ihre Wange. „Ich wette, Amber macht sich Sorgen. Ich hätte mich darum kümmern sollen, dass du sie gleich zurückrufst."

„Sie wusste, dass du dich um mich kümmerst", sagte Kaylee fest, ehe sie sich ihr Telefon vom Tisch schnappte.

„Während du redest, besorge ich das Fleisch." Er grinste sie anzüglich an. „Du kannst mich später angemessen belohnen."

Sie machte eine Geste, um ihn zum Schweigen zu bringen, und war erheitert, als er es ihr mit einem schrägen Blick heimzahlte.

Sie ging ans Telefon, ehe Amber es aufgab. „Hey. Alles ist bestens."

Vielleicht würde es ja wahrwerden, wenn sie sich das weiterhin immer wieder sagte.

Die Stimme ihrer Freundin erklang zart in ihren Ohren. „Ehrlich?"

Die Versuchung, zu kichern, war stark. „Wenn du nach Einzelheiten fragst, dann bin ich mir nicht sicher ..."

„Nein. Schon in Ordnung", überzeugte Amber sie rasch vom Gegenteil. „*Damit* hätte ich allerdings nie gerechnet."

„Da sind wir schon zwei", gab Kaylee zu.

Sie hatte vorgehabt, hinaus auf den Balkon zu gehen, aber jeder weitere Schritt war, als würde das Gummiband, das zwischen ihr und James gespannt war, dünn und lang gezogen werden. Unangenehm.

Anstatt gegen diesen Drang anzukämpfen, kehrte sie zurück, um sich auf die Armlehne seines Sessels zu setzen. Mit einer Hand auf seiner Schulter rieb sie ihm über den Nacken, während er leise ins Telefon sprach, ein halbes Dutzend Restaurant-Lieferzettel vor sich auf dem Tisch ausgebreitet.

„Brauchst du irgendwas?", fragte Amber. „Es ist quasi unmöglich, aus den Jungs irgendwelche Informationen rauszubekommen. Sie sagen mir nur, dass ich dich nicht stören soll. Es tut mir leid, aber ich musste mich da einfach versichern."

„Alles gut", beharrte Kaylee. Ihre Finger wanderten zu James' Haaren. Sie spielten damit, kreisten darum, um die weiche Berührung an ihren Handflächen zu genießen. „Er hat das Fieber, und ich muss zugeben, es macht jede Menge Spaß. Und das ist alles, was ich darüber sagen möchte."

Ein peinlich berührtes Kichern kam durch die Leitung. Die süße Amber war so unschuldig. Sie waren in den letzten Jahren gute Freundinnen geworden, und obwohl wilde Nächte mit freier Liebe bei keiner von ihnen dem Lebensstil entsprachen, sprach Kaylee als Shifter unverblümter über Sex als ein Mensch.

„Fühlst du dich irgendwie anders?", fragte Amber.

Sie verkniff sich jeglichen Kommentar über sexuelle Abnutzungserscheinungen und dachte darüber nach. Ihre innere Katze hielt mehr oder weniger ein zufriedenes Nickerchen, glücklich darüber, es warm und trocken zu haben. Und ansonsten? „Nichts. Aber die Woche ist ja noch nicht um. James scheint auch nicht viel darüber zu wissen, wie das funktioniert."

„Ich werde recherchieren. Ich meine, noch mehr. Ich wollte nicht zu tief graben, falls ich damit irgendwelche Grenzen überschreite, aber wenn du interessiert bist ..." Amber ließ die Option offen.

Es würde bestimmt nicht schaden. „Mach ruhig. An dieser Stelle gibt es sowieso nicht viel, was wir tun können."

Kaylee sparte sich eine zusätzliche Anmerkung darüber, wie schrecklich sie als James' Partnerin sein würde. Sie hatte versprochen, es zu versuchen, und sie würde ihr Wort halten.

Der Gedanke, auf einer öffentlichen Bühne an seiner Seite zu stehen, reichte jedoch, dass ihr der Appetit verging.

James bestellte noch immer, aber nun wandte er seine Aufmerksamkeit ihr zu, und obwohl er dem Thai-Restaurant eine unmöglich lange Liste von Bestellungen vorlas, ließ er eine Hand über ihre Hüfte und unter ihr T-Shirt gleiten, um seine große, warme Handfläche auf ihren Rücken zu legen.

„Dieses Treffen, von dem wir gesprochen haben." Amber sprach leise, als hätte sie Sorge, dass James mithörte. Oder vielleicht war jemand im Büro, dem sie aus dem Weg gehen wollte. „Nächste Woche. Ich schätze, du bist dann fertig mit deinem ... bist bis dahin fertig."

James' Blick wanderte über ihren Körper. Er schob die

Hand nach oben und ließ die Nägel sanft über ihr Rückgrat gleiten.

Kaylees Körper entzündete sich vor Verlangen, doch sie konzentrierte sich darauf, verständlich zu antworten. „Ich glaube schon. Mach ruhig und sag zu."

Ein weiterer Anruf summte, und sie war versucht, laut zu fluchen. „Ich muss los. Wir reden bald, meine Liebe."

Sie legte auf und nahm den anderen Anruf an.

„Mr. Borealis", meldete sie sich knapp.

James hob eine Augenbraue. Und verdammt sollte er sein, denn er grinste böse und ließ eine Hand um ihren Oberkörper gleiten, bis sie sich um ihre nackte Brust schloss.

„Nenn mich doch nicht so, junge Dame", tadelte sie Opa Giles.

Sie war noch nicht bereit, diesem Mann zu vergeben. Nicht, wenn sie bedachte, was noch alles ungeklärt war. „Brauchen Sie irgendwas, Sir?"

Vor ihr schnalzte James warnend mit der Zunge, noch während sein schelmisches Lächeln breiter wurde. „Das wird ihm nicht gefallen", murmelte er.

„Mir egal ..." Kaylee schnappte heftig nach Luft, denn James hatte den Saum ihres T-Shirts nach oben geschoben und ließ nun leicht die Zunge über ihren Nippel gleiten.

„Ich wollte mich bedanken, dass du die Unterschrift für diese Papiere besorgt hast. Deinetwegen ging der Vertrag völlig problemlos über die Bühne. Verdammt kluge Frau."

Kaylees Gehirn verwandelte sich rasch in Brei, während James sein Spielchen weitertrieb, indem er erst knabberte, ehe er die Lippen schloss und in einem sanften Rhythmus an ihr saugte.

Sie rang um eine Antwort, was ihr leichter fiel, weil James' Großvater mit diesem Schwachsinn viel zu dick auftrug. „Das war doch nichts, Sir. Hat mich nur einen kurzen Augenblick gekostet, und dann hatte ich den restlichen Abend für mich."

O mein Gott, es fühlte sich so gut an. Sie stieß die freie Hand, die nicht das Telefon hielt, in James Haare, versuchte, ihn zur anderen Seite zu zerren, denn nur die Hälfte ihres Körpers pulsierte, und das war wirklich nicht fair.

Sie brauchte einen Augenblick, um zu merken, dass Opa Giles am anderen Ende der Leitung still geworden war. „Hat nur einen Augenblick gedauert. Nun, das ist gut. Bin froh, dass es keine Schwierigkeiten gab. Manchmal muss man diesem James nämlich auf die Sprünge helfen."

Derzeit schien James das Multitasking problemlos zu gelingen. Er hatte ihr T-Shirt über ihre beiden Brüste nach oben geschoben, und drückte sie aneinander, damit er leichter von einer Seite zur anderen wechseln konnte.

Kaylee rutschte herum, bis sie rittlings auf seinem Oberschenkel saß, weil sie den Druck auf anderen Körperteilen brauchte.

„Oh, James ging es gut. Der kam gut allein zurecht. Oder zumindest schien es mir so. Er und ich sind immer über die dümmsten Sachen unterschiedlicher Meinung." Wie etwa darüber, dass er nicht an ihr herumspielen sollte, während sie ein erwachsenes Telefongespräch führte.

„Aber er hat sich doch nicht gut gefühlt. Sommerfieber ... oder irgendwas."

Ach, wirklich? Es war fast, als hätte er gewusst, dass James sich vielleicht am Rande des Paarungsfiebers befand. Und nun angelte der alte Bock nach Informationen.

Das hätte er wohl gern. Kaylee war nur nicht danach, ihn über irgendwelche Details in Kenntnis setzen, und sie verlor rasch das Interesse an der ganzen Unterhaltung.

„James? Fieber? Auf gar keinen Fall. Als ich am Freitag seine Wohnung verlassen habe, war er in Topform und genauso nervig wie eh und je."

„Ahhh." Opa Giles wirkte verwirrt.

Okay, das war gelogen, aber nichts davon ging ihn etwas an, und er hatte es verdient, ein wenig zu schmoren.

„Tut mir leid, ich muss los. Es freut mich, dass Ihr Meeting gut gelaufen ist, Mr. Borealis."

Sie legte auf, warf ihr Telefon auf das Sofa, damit sie nach unten greifen und James Lippen zu ihren heraufziehen konnte.

Einen Augenblick lang küsste er sie, sein Lächeln nicht zu übersehen, als sich ihre Münder berührten. Er zog sich nur weit genug zurück, um mit den Fingernägeln sanft über ihren Rücken hinabzufahren, sie in einer intimen, sinnlichen Spannung auf seinem Oberschenkel zu wiegen. „Armer Opa Giles. Jetzt flippt er vermutlich aus, weil er herausbringen will, was zum Teufel los ist."

„Armer Opa Giles, klar. Dieser Mann hat es verdient, ein wenig zu leiden", sagte Kaylee unverblümt. „Hast du genug Essen bestellt, um eine Armee durchzufüttern?"

„Jawohl."

Sie ließ eine Hand zwischen seine Beine gleiten und legte die Finger um seinen langen, dicken Schwanz, der sich an seine dünne Jogginghose drückte. „Wie lange, bis das Essen kommt?"

„Eine Stunde", erklärte er stolz. „Was mir ausreichend Zeit verschafft, dich zu vernaschen."

Sie versuchte, auszusehen, als würde sie über seine Anmerkung ernsthaft nachdenken, während er aufstand und sie zum Schlafzimmer trug. „Ich schätze, das reicht für ein bescheidenes Vernaschen. Das gründliche Vernaschen wird wohl auf später warten müssen."

„Ein hervorragender Plan."

Das bescheidene Vernaschen wurde von einer riesigen Menge Essen abgelöst, und dann dem gründlichen Vernaschen.

Am nächsten Tag stand so ziemlich dasselbe auf dem Plan, allerdings machte sich James, als Opa Giles versuchte, ihn anzurufen, nicht die Mühe, ranzugehen.

Als sie dann sechs Tage nach dem Sturm im Bett lagen, fühlte sich Kaylee gut durchgevögelt und sehr, sehr zufrieden.

James lag neben ihrem Bett, strich ihr mit den Fingern über den Bauch. Er schob sich auf einen Ellbogen hoch und sah auf seine Hand hinab, die sie liebkoste. „Ich glaube, wir kommen langsam zu einem Ende", warnte er sie. „Ich meine, ich will immer noch schrecklich schmutzige Dinge mit dir anstellen, aber es besteht nicht länger das unbedingte Bedürfnis ... Naja, das stimmt nicht. Der Drang, mich mit dir zu vergnügen, ist noch genauso stark, aber er ist ..."

Er verzog das Gesicht, und sie lachte. Sie wusste, was er sagen wollte.

James rollte sie nach oben, drapierte ihre trägen Glieder über seine felsenfeste Brust. „Verdammt. Das hört sich alles falsch an, denn es hat sich nichts daran geändert, wie sehr ich dich will. Aber ich spüre, wie das Fieber nachlässt."

Sie seufzte. „Es war wunderbar. Ich schätze, irgendwann müssen wir zurück in die Wirklichkeit."

Sein Grinsen sagte, dass er das auch so sah. Dann wurde seine Miene weicher, und er holte tief Luft. „Also. Fühlst du dich irgendwie ... anders?"

Kaylee öffnete den Mund und machte sich bereit, sich das Herz herauszureißen.

12

———

Kaylee hatte genau darüber intensiv nachgedacht. Obwohl sie nicht viel Zeit gehabt hatte, online zu recherchieren, wenn man bedachte, wie beschäftigt James sie gehalten hatte, hatte ihr Amber eine Reihe Links weitergeleitet. Kaylee hatte sich hier und da einen Augenblick genommen, um über den Informationen zu brüten, weil sie hoffte, herausfinden zu können, wonach sie Ausschau halten sollte, während sie sich zu erschließen versuchte, wie genau das Paaren sich bei den einzelnen *Oh-mein-Gott-das-passiert-wirklich-*Schritten anfühlen sollte.

Nichts davon schien zutreffend. „Ich glaube nicht. Ich meine, ich habe das Gefühl, dass ich dich besser kenne – und mach jetzt bloß keinen Klugscheißer-Kommentar dazu – als vor einer Woche. Ich fühle mich dir näher. Aber was so ein mystisches, magisches Heitatei angeht ... das nicht.“

„Schon in Ordnung. Es braucht vielleicht etwas, um anzuschlagen.“ Er klang so zuversichtlich, genauso, wie er geklungen hatte, als sie im – Ha! – Fahrstuhl festgesessen hatten.

Nein. Moment ...

Er klang sogar noch selbstgefälliger. Irgendetwas war im Busch. „Warum? Fühlst du dich irgendwie anders?"

„Ach, nein. Nein, nein, nein, nein. Noch nicht." Dann fing er ausgerechnet an, um sie herum die Bettdecke glatt zu streichen. Nestelte völlig grundlos herum.

O. Mein. Gott. Kaylee schob sich zum Sitzen hoch und starrte ihn an. „Doch, tust du. Du spürst etwas."

„Es ist in Ordnung, wenn wir nicht jetzt gleich darüber reden", setzte James an, ehe sie ihm hastig das Wort abschnitt.

„Bitte nicht", bettelte Kaylee. „Mir ist nicht klar, ob du mich aufziehst oder ob du versuchst, mich nicht zu enttäuschen, aber ich halte das nicht aus."

Ein Grollen entwich ihm, das klang, als wäre er bereit für eine Schlacht. James hob sie auf seinen Schoß. Er strich ihr mit einer Hand über den Rücken, während sie das Gesicht an seiner Brust barg. Seine Stimme wurde leiser, seine Arme waren wie ein Schutzschild um sie. „Ich ziehe dich nicht auf, aber ich will nicht, dass du dich unter Druck gesetzt fühlst. Zum Paaren müssen wir beide unser Schicksal akzeptieren, und ich will nicht, dass du das Gefühl hast, als wärst du dazu gezwungen, mit mir zusammen zu sein."

Toll. Also hatte sie nun die Chance, auf ewig mit einem Mann zusammenzukommen, dem schon immer ein Teil ihres Herzens gehört hatte, und doch war nun, da sie sich Hoffnungen machte, in ihrem Inneren etwas so verdreht, dass sie es sich versagen würde, mit ihm zusammen zu sein. „Ich fühle mich nicht unter Druck. Ich will mit dir zusammen sein", beharrte Kaylee. „Du bist mein bester Freund."

James nickte langsam. „Was der Grund ist, weshalb wir dem ein wenig mehr Zeit geben sollten."

„Aber du spürst was?", flüsterte sie, hatte Angst, dass er ihr direkt antworten würde. Hatte Angst, dass er es nicht tun würde.

Er drückte ihr die Lippen auf die Schläfe. „Ja. Ich spüre was. Genau hier."

Er schnappte sich ihre Hand und drückte sie sich an die Brust. Unter ihren Fingern schlug sein Herz stark und sicher.

„Ich weiß nicht, wie ich es beschreiben soll, vielleicht als Potenzial. Wie ein Samen, der eingepflanzt wurde, aber noch Sonne zum Wachsen braucht. Oder eine Schatztruhe, die sich öffnet, sobald wir den Schlüssel drehen, und alles, was ich je gebraucht habe, wird sich darin befinden."

Seine Worte waren poetisch und schön und sorgten dafür, dass sich etwas in ihr sogar noch mehr danach sehnte. „Dann sollte ich den Schlüssel haben."

Kaylee schloss die Augen und versuchte alles, was in ihrer Macht stand, um ihre Hände davon abzuhalten, über ihren eigenen Körper zu reiben. Sie war wund an allen möglichen herrlichen Stellen, und sie hatte keine Ahnung, wonach sie Ausschau halten sollte.

Das stimmte nicht. Sie wusste genau, wonach sie Ausschau halten sollte – eine Zukunft mit ihrem besten Freund. Ganz gleich, dass sie vermutlich irgendwann alles für ihn vermasseln würde, war sie egoistisch genug, um zu wissen, was sie wollte.

Sie wollte ihn von ganzem Herzen.

Oder nicht?

James hob ihr Kinn und starrte ihr in die Augen, ehe er den Mund öffnete. Er wollte etwas Großes und

Heldenhaftes tun, und sie glaubte nicht, dass sie damit fertig werden würde.

Jetzt war Ablenkung nötig. „Wir müssen die Vorteile sehen. Ich meine, du hast deinen Teil des Pakts eingehalten und nicht versucht, dem Fieber aus dem Weg zu gehen. Also müssen deine Brüder und dein Opa zufrieden sein, ganz gleich, was zwischen uns passiert.“

Sie drehte sich zu ihm und musste sich zwingen, ihre Beine voneinander zu lösen, denn der Gedanke, sich wegzubewegen, wirkte falsch – es war keine magische, mystische Verbindung, aber ein wirklich tief sitzendes Verlangen in ihren Eingeweiden.

„Ich will, dass du meine Partnerin bist“, sagte James.

„Ich weiß.“

Aber in Wahrheit hatten sie *keine* Kontrolle darüber. Die hatte das Schicksal.

Kaylee schob ihre Ängste beiseite. Offensichtlich wusste das Schicksal besser als James, wer für ihn in Zukunft gut geeignet wäre, und wenn sie das nicht war, würde sie sich dazu zwingen, für ihn glücklich zu sein.

„Das ist noch nicht durch“, knurrte er, in seinen Augen stand Frust, während seine Finger sich um ihre schlangen. „Wir sind noch nicht durch.“

„Was, wenn wir keine Partner sind ...“

James wirbelte sie herum und hatte sie innerhalb von Sekunden auf der Matratze festgenagelt. Sowohl er als auch sein Bär starrten herab. „Antworte ehrlich. Willst du mit mir zusammen sein, Kaylee Banks? Als mehr als nur ein Freund, als mehr als nur eine Liebhaberin. Willst du mich für immer?“, wollte er wissen.

„Ja.“ Die Antwort kam sofort. Es war nichts, worüber sie nachdenken musste.

Seine Lippen krümmten sich. „Dann gibt es nichts,

worüber wir uns Sorgen machen müssen. Vielleicht meldet sich der Paarungsinstinkt irgendwann während der nächsten paar Tage. Zum Teufel, vielleicht dauert es sogar noch etwas länger, bis er kommt. Aber es spielt keine Rolle, weil ich dich *wähle*, verstanden?"

Sie neigte den Kopf, erstaunt darüber, dass er einfach immer nur gab und gab. Scham meldete sich zu Wort. „Es tut mir leid."

James schob ihr eine Haarsträhne aus der Stirn, steckte sie ihr hinters Ohr. „Es ist nicht deine Schuld, dass sich kein Paarungszeichen eingestellt hat."

„Das ist es nicht. Ich war in dieser letzten Woche einfach dumm. Ich meine natürlich, in den Augenblicken, in denen ich nicht völlig genial war."

Sie schaffte es, ihm ein Lachen zu entlocken. „Erzähl mir von einem dieser genialen Augenblicke", neckte er sie.

„Dass ich mit dir ins Bett gegangen bin. Dass wir Spaß unter der Dusche hatten. Und auf dem Beistelltisch im Gang. Und auf deinem Wäschetrockner."

„Der Trockner war besonders genial", stimmte er zu. Er küsste sie sanft. „Wofür entschuldigst du dich dann?"

„Dass ich mich nicht auf die erstaunliche Wahrheit gestürzt habe, die du mir gesagt hast, seit ich hier am ersten Abend klatschnass aufgetaucht bin." Sie nahm sein Gesicht in die Hände und starrte ihm in die Augen. „Du hast mir auf ein Dutzend Arten gesagt, dass du mich willst. Ich bin nicht daran gewöhnt, das zu hören, aber das wird sich ändern. Ich werde mich ändern. Vor mir liegen immer noch Dinge, die ich nicht werde tun können, und wir werden uns überlegen müssen, wie wir damit fertig werden, denn ich will dir oder deiner Familie keine Schwierigkeiten bereiten …"

„Außer Opa Giles. Dem können wir Schwierigkeiten machen."

Sie rieb mit dem Daumen über seine Wangenknochen. „Opa Giles bekommt auf jeden Fall Schwierigkeiten, aber alles andere werden wir zusammen schon austüfteln. Dafür habe ich mich entschuldigt. Dass ich das nicht früher kapiert habe."

Der Kuss, den er ihr gab, war süß und zart. „Entschuldigung angenommen, Banks. Und jetzt habe ich das Gefühl, als hätte ich einen plötzlichen Rückfall. Ich kann mich einfach nicht mehr zurückhalten."

Kaylee quietschte, als James sich zwischen ihre Schenkel hinabbewegte. Einen Augenblick später hatte er sie ausgezogen, sein Mund war auf ihr, und er verzehrte sie gierig. Sie packte mit beiden Händen die Bettdecke, kämpfte um Kontrolle, aber wenn man bedachte, mit wem sie es zu tun hatte, standen ihre Chancen nicht sonderlich gut.

Ein entschlossener Bär, der sie beide einfach nicht aufgeben wollte.

Sie schloss die Augen und wurde die restliche Nacht lang von Lust überwältigt.

Am nächsten Morgen grinste James sie am Frühstückstisch an. „Ich muss ins Büro und die Feier zum Canada Day ein wenig planen. Ich sollte am Nachmittag früh Feierabend machen können, um dir zu helfen, deine Sachen zu holen."

„Was hole ich, um wohin zu gehen?"

Er nahm ihre schmutzigen Teller vom Tisch und stapelte sie in der Spüle. „Der war gut, Banks."

„Nein, ich meine es ernst", beharrte sie.

„Wir müssen dein Zeug holen, damit du zu mir ziehen kannst. Ich meine, du brauchst nicht alles herbringen. Auf gar keinen Fall zu viele Klamotten. Vergiss die ganzen Schlafanzüge, denn die wirst du nie wieder brauchen, aber dein restliches Zeug ...“

Kaylee holte tief Luft und ging kurz im Geiste eine Liste durch. Sie hatte versprochen, die Zukunft mit ihm mit beiden Händen zu ergreifen, und auch wenn ihre erste Reaktion *das geht zu schnell* gewesen war, tat es das wirklich?

Irgendwie schon. Aber damit konnte sie arbeiten.

„Was ich tun werde, ist, eine Tasche mit Sachen zu packen, die ich in nächster Zeit brauche, aber ich behalte meine Wohnung. Nicht, weil ich wieder weglaufen will, sondern einfach nur so.“

James zuckte mit den Schultern. „Du hast bis zum Monatsende bezahlt, also schätze ich, es ist nicht wirklich eilig. Du musst vermutlich einen Monat früher kündigen, wenn wir also planen, die großen Sachen am Ende des Sommers zu erledigen, hat dein Verstand dann Zeit, sich damit abzufinden?“

Die Anspannung fiel von ihr ab. „Danke, dass du das verstehst. Das klingt wirklich gut.“

„Ich kann dich später zu deiner Wohnung fahren“, bot er an.

Kaylee schüttelte den Kopf. „Ich muss heute Vormittag dorthin, um meine Kameras für das Shooting heute Nachmittag zu holen, und ich treffe mich mit Amber, wenn sie heute mit der Arbeit fertig ist. Wir gehen was trinken.“

Er schnaubte. „Ich wette, sie hat eine Million Fragen. Sie wird dir das Ohr abkauen, aber ich kann es ihr kaum übel nehmen. Sehr wahrscheinlich werden meine Brüder es genauso machen, wenn ich mich bei ihnen melde.“

Sie würde ihm nichts vorspielen. „Es scheint mir ein bisschen seltsam, dass wir beide tun, was wir tun, wenn man bedenkt, dass zwischen uns nichts Offizielles ist. Den Paarungshokuspokus, meine ich."

„Dann ist es halt seltsam. Und?" Er tippte ihr auf die Nase. „Tust du mir einen Gefallen und bringst meine Kleider zum Büro? Ich muss mich mal strecken und eine Weile laufen, ehe ich reingehe. Ich war nicht sonderlich nett zu meinem Bären, den ich die ganze Woche unter Verschluss gehalten habe."

Sie grinste. „Unsere tierischen Seiten wissen, wann wir lieber menschlich sein wollen, um dieses ganze ‚Sex-Zeug‘ zu erledigen."

Er erwiderte ihr Grinsen. „Verdammt richtig."

Kaylee strich ihm mit den Händen über die Brust, nur weil sie es konnte. „Da wir jetzt etwas mehr im Gleichgewicht sind, freut sich meine Katze darauf, mit dir eine Runde zu laufen."

Er schnappte sich ihre Finger und drückte ihr einen Kuss auf die Handknöchel. „Komm jetzt mit mir", bot er an.

Kaylee schüttelte den Kopf. „Ich habe einen Termin, den ich einhalten muss, aber bald."

„Mein Bär läuft gerne mit dir." Er knabberte fest an ihren Handgelenken, während in seinen Augen Hitze aufglühte. „Er mag auch deine Muschi."

Sie schnaubte. „Du bist furchtbar."

Er ist furchtbar, aber irgendwie süß, stimmte ihre Katze zu, ehe sie sich abermals zurückzog.

Fünfzehn Minuten später waren sie unten. Kaylee stand neben ihrem Truck, während James seine Kleider auszog. Es war ganz wie vor einer Woche, doch so viel hatte sich verändert.

Er wackelte mit den Augenbrauen, als er seine Hose zusammenfaltete und sie dann mit dem Rest seiner Kleidung in ihre ausgestreckten Arme legte. „Quickie?"

Kaylee platzierte die Kleider auf der Motorhaube ihres Trucks. „Willst du wirklich, dass ich das meiner Freundin erzählte? Dass ich ihr sage, wie daneben du bist?"

Er lachte immer noch, während er sie küsste. Seine Lippen verhärteten sich, und seine Umarmung wurde besitzergreifend. Sie war atemlos, als er sich von ihr löste und verwandelte. Der Wirbel aus Licht und Hitze war dicht genug, um ihre Haut zu streifen, und sie fühlte sich, als wäre sie überall geküsst worden, wo sie sich berührten.

Dann stapfte der riesige Bär um sie herum, schwere Tatzen landeten leicht auf dem Asphalt, während er mit der Seite an ihr entlang streifte, als wäre er ein zu groß gewordenes Kätzchen.

Sie griff vor und vergrub die Finger aus einem Impuls heraus in seinem Fell, streichelte ihn, während er vor Vergnügen brummte. Er trottete mit einer gewissen Anmut weg, und sie sah ihm nach, während ein Teil von ihr dachte, dass das alles ein Traum sein musste.

13

———

ames nahm den langen Weg zur Arbeit, und er fühlte sich kein bisschen schuldig. Er hatte das Gefühl, dass er immer noch freigestellt war, bis er durch die Tür trat, und seine wilde Seite brauchte etwas frische Luft.

War gar nicht so schlimm, eingesperrt zu sein, setzte ihn sein Bär in Kenntnis.

Im Tonfall des Bastards lag eine hämische Freude, und James kicherte, noch während er wie üblich antwortete.

Schnauze.

Was? Du hattest Spaß, ich hatte Spaß. Ist doch so.

Er hatte niemals bezweifelt, dass seine wilde Seite zufrieden sein würde, Kaylee um sich zu haben, doch während sie durch die Bäume krachten und in Bächen planschten, hielt er inne. Er wollte nichts vorwegnehmen, also stellte er die Frage offiziell. „Weißt du, weshalb Kaylee die Paarbindung noch nicht spürt?"

Nein. Vielleicht ist es so ein Katzen-Ding. Seine andere Hälfte war da sehr viel pragmatischer. *Aber behalt sie bloß. Ich mag sie.*

Da waren sie schon zwei.

So merkwürdig es schien, das kleine bisschen Beruhigung half sehr gegen die Sorgen, die sich weit hinten in seinem Verstand breitgemacht hatten. James schnappte sich die Kleider, die Kaylee in sein nicht abgeschlossenes Auto gelegt hatte.

Fünf Minuten später spazierte er durch den Personalbereich von Borealis Gems, schaute durch Fenster und winkte vertrauten Gesichtern zu.

Alle winkten zurück, so manches Lächeln wurde zu einem unverhohlenen Grinsen. Es schien, als hätten sich die Neuigkeiten rasch ausgebreitet, und alle wussten, weshalb er in der letzten Woche ausgefallen war.

Er wollte sich gerade die Stufen hinauf zu Coopers Büro begeben, als Opa Giles und Alex auftauchten und auf ihn zumarschierten.

„Da bist du ja."

James zog in Erwägung, durch den Notausgang abzuhauen, aber vor seinem Opa war er nicht mehr weggelaufen, seit er mit acht Jahren ein Fenster im Büro des alten Mannes eingeschlagen hatte.

Er schob sich die Hände in die Taschen. „Bin ich."

Opa Giles stürzte sich begierig auf ihn. Alex folgte ihm, ging aber langsamer. In seinem Blick stand keine Erheiterung, doch er schüttelte leicht den Kopf, als hätte er Mitgefühl wegen des bevorstehenden Ansturms.

„Also?", wollte Opa Giles wissen.

James schaute ihm direkt in die Augen. Wie genau sollte er den alten Mann quälen?

Einfach. Kaylee hatte ihm die perfekte Vorlage geliefert.

„Wie verlangt habe ich meinen Teil des Handels eingehalten und das Paarungsfieber nicht vermieden." Er wandte sich von seinem Opa ab und richtete sich an Alex. „Können wir uns wegen der Security beim Event am Canada Day treffen? Ich habe ein paar Fragen zum Sound-System und dem Zugang zur Bühne ...“

Er wurde von einem kleinen Hustanfall unterbrochen. Vermutlich erstickte Opa Giles an all den Dingen, die er sagen wollte, aber nicht konnte.

Irgendwie schaffte es Alex, das Gesicht nicht zu verziehen, und klopfte dem alten Mann auf den Rücken. „Ich bin in ungefähr zwanzig Minuten mit Opa fertig. Dann können wir uns treffen.“

„Klingt großartig ...“

„Du hast meine Frage nicht beantwortet, Junge.“ Opa Giles starrte ihn an. „Und ich habe gar nichts verlangt. Ich habe nur dargelegt, dass verantwortungsvolle junge Männer in den meisten Familien glücklich wären, ihre Pflicht zu tun und ...“

„... sich auf Befehl zu paaren? Sich fortzupflanzen?“, bot James ihm hilfreich an.

Diesmal musste Alex husten, um seine Erheiterung zu verbergen.

Opa Giles brodelte noch immer. „Du hast hier nicht die Hosen an, junger Mann“, sagte er und wedelte mit dem Finger vor James' Gesicht.

„Glaub mir, ich spreche für mich, Alex und Cooper, wenn ich dir sage, dass unsere Hosen das Letzte sind, von dem wir wollen, dass du dir darum Sorgen machst. Du hast dich klar ausgedrückt. Jetzt erwarte bloß nicht, dass wir dir erlauben, dich noch weiter in unser Leben einzumischen.“ Während Opa stammelte, ergriff James die Gelegenheit, seinem Bruder insgeheim zuzuzwinkern. „Wir sehen uns in einer halben Stunde.“

Dann schob er sich durch die Tür in seinem Rücken

und ging nach oben, während er bereits plante, wie er das Ganze nacherzählen würde, um Kaylee zu erheitern.

Er fand einen Stapel Arbeit auf seinem Schreibtisch vor und schaffte es, den Großteil zu erledigen, bevor Alex zu ihm kam.

Sein Bruder stellte eine Tasse Kaffee vor ihnen beiden ab, ehe er sich auf dem gemütlichen Sessel niederließ, den James gekauft hatte, um sich zu entspannen. „Du fühlst dich ja offensichtlich putzmunter."

„Ich fühle mich irgendwie", stimmte James zu. Er hob seinen Becher und nahm einen großen Schluck der heißen Flüssigkeit, brummte zufrieden, während er sie bis in den Bauch hinab spürte. Er warf einen Blick hinüber zu Alex, der wortlos trank und ihn beäugte, auf seinem Gesicht standen eine ganze Menge Fragen.

„Du legst eine erstaunliche Zurückhaltung an den Tag", sagte James trocken.

„Ich bin hin- und hergerissen zwischen Bewunderung und Entsetzen", gab Alex zu. „Also. Paarungsfieber. Und ... *Kaylee?*"

Nun, da ging er gleich ans Eingemachte. James sprach langsam. „Kaylee. Was perfekt ist, bis auf die Tatsache, dass sie die Paarbindung noch nicht spürt, und ich schon."

Alex' träge, entspannte Haltung verschwand. Er rutschte auf die Sesselkante und starrte James entsetzt an. „Was? Wie? Ich meine, *wie nicht?* Sie ist doch schon jahrelang scharf auf dich."

James klappte der Mund auf. „Hör doch auf. Wir waren nur befreundet."

Alex verdrehte die Augen, wie es nur ein älterer Bruder konnte. „Klar. Freunde, die aufeinander standen. Gott, manchmal wurde ich schier wahnsinnig, wenn ich mit euch beiden im gleichen Zimmer festsaß. Ihr seid füreinander gemacht."

„Genau mein Gedanke. Und darum habe ich es etwas aktiver gestaltet, als Opa beschlossen hat, seine Machiavelli-Nummer durchzuziehen. Ich habe schon immer gern Zeit mit Kaylee verbracht. Jetzt haben wir es also probiert und diese eine Woche gehabt, und es war unfassbar und schön, und ..." Er holte tief Luft, ehe er es ausspuckte. „Auch wenn ich riskiere, wie ein Idiot zu klingen, aber was, wenn sie mich nicht will? Sie sagte, sie wolle, und sie hat versprochen, zu tun, was immer nötig ist, um die Paarbindung auszulösen, aber offensichtlich fehlt irgendwas."

Die Miene seines Bruders spannte sich an. „Du hast das so eingerichtet? Du wolltest, dass du dich am Ende mit Kaylee paarst?"

„Natürlich. Ich bin zu dem Schluss gekommen, dass bei allem anderen, was wir gemeinsam haben, die Chancen ganz gut standen."

„Interessant." Alex wirkte nachdenklich. Dann schüttelte er den Kopf und konzentrierte sich wieder auf James. „Du hast ein paar Wahlmöglichkeiten. Erstens, du wartest. Vielleicht braucht es seine Zeit, bis die Verbindung auch bei ihr anschlägt. Bist du sicher, dass du sie spürst?"

James nickte. Er legte sich eine Hand auf die Brust, und dieses heiße Wirbeln der Möglichkeiten hämmerte hart genug, um ihn bis auf die Seele zu erschüttern. „Sie ist da, ich schwöre es."

„Vielleicht ist Kaylee sich nicht im Klaren darüber, wie es sich bei ihr anfühlt."

Auch möglich.

„Nun, bis sie es spürt, kann sie es wohl kaum akzeptieren." Was genau der Grund war, der das alles so frustrierend machte. James wedelte mit einer Hand durch die Luft. „Themenwechsel – erzähl mir die Einzelheiten zum Projekt Canada Day. Ich kann mich auch ablenken, bis Kaylee Zeit hat."

„Cooper wollte sich mit uns treffen", erklärte ihm Alex, während er sein Gewicht verlagerte, um an die Security-Diagramme zu kommen, die auf dem Tisch verstreut lagen. „Er macht sich Sorgen um dich. Wir haben uns beide Sorgen gemacht. Gehen wir nach der Arbeit was trinken?"

Perfekt. Wenn sie dabei zufällig über Kaylee stolperten, die sich mit ihren Freundinnen traf, wurde die Runde nur umso fröhlicher.

„Sorg dich nicht um mich", sagte James. „Was immer nötig ist, um das zum Funktionieren zu bringen, ich schwöre, ich kriege es hin."

14

Kaylee verbrachte den größten Teil ihres Vormittags damit, nebensächliche Aufgaben zu erledigen, während die Realität sich viel zu schnell heranschlich.

Durch das Durcheinander an geschäftlichen E-Mails, mit dem sie sich herumschlagen musste, und privaten Porträts, für die sie angeheuert worden war, war es Mittag, bis sie tatsächlich einmal langsamer machen konnte, um ihr Gehirn mit allem anderen aufholen zu lassen, was sich ereignet hatte.

Es war gut, dass in der letzten Woche nur Arbeit für Borealis Gems in ihrem Kalender gestanden hatte, und alles in allem würde die Firma vermutlich verstehen, weshalb sie das vertagt hatte. Obwohl sie nur eine Woche weg gewesen war, wirkte ihre Wohnung kälter und einsamer als je zuvor.

Ihre E-Mail meldete sich, und sie warf einen Blick darauf, um festzustellen, dass sie eine Nachricht von ihren Eltern hatte.

O Freude, o Begeisterung.

Sie dachte darüber nach, sie ungelesen zu löschen, aber

es war sechs Monate her, seit sie sich zuletzt bei ihr gemeldet hatten, und weil sie gar nicht genug davon bekam, sich selbst zu bestrafen, klickte sie darauf, um sie zu öffnen.

Hallo, Liebling. Ich gehe davon aus, dass alles in Ordnung ist.

Ich habe mehr Geld auf das gemeinsame Konto eingezahlt, falls du es brauchst. Keine Sorge. Wir erwarten nicht, dass du es uns zurückzahlst.

Wir haben großartige Neuigkeiten. Man hat uns gebeten, zu einem brandneuen Forschungsprojekt in den rumänischen Bergen zu stoßen. Wir werden mindestens noch sechs Monate hier sein.

Leider bedeutet das, dass wir nächste Woche nicht zu Hause sind, und ich habe eine Reihe von Paketen an unser Haus liefern lassen. Einiges darunter sind empfindliche Geräte, die man sofort in den Laden bringen muss. Ich leite dir die Nachricht weiter, wenn ich höre, dass es geliefert wurde.

Wir verlassen uns darauf, dass du dafür sorgst, dass das erledigt wird.

Bald mehr.
M&V

Kaylee stieß ein genervtes Seufzen aus. „Hi. Klar, hier drüben ist alles dufte. Ich werde mich womöglich mit meinem besten Freund paaren, wenn ich es auf die Reihe kriege, herauszufinden, was mit mir nicht stimmt. Aber natürlich will ich von euren Reisen in der großen weiten

Welt hören, trotz der Tatsache, dass ihr euch nicht die Mühe macht, mir zu schreiben, außer ihr braucht was. Oh, aber ich bin sicher, wenn ihr Geld auf die Sache werft, macht das alles besser."

Sie starrte auf den Computerbildschirm, in ihr baute sich Zorn auf.

In ihrem Inneren knurrte ihre Katze, extrem wütend und angepisst, und das allein war schon genug, um sie zur Tat schreiten zu lassen.

Es brauchte nur einen festen Klick, um die E-Mail auszudrucken. Kaylee schnappte sich das Blatt aus der Ablage, sobald es da war, und nahm es mit in die Küche.

Dabei redete sie laut vor sich hin, als würde sie eine vernünftige Unterhaltung führen. „Natürlich, ich habe zwischen jetzt und dann bestimmt nichts zu tun, darum freue ich mich, alles stehen und liegen zu lassen, um mich um eure empfindlichen Geräte zu kümmern, die vermutlich beim Versand beschädigt wurden. Und wenn ihr sie dann irgendwann öffnet, werdet ihr alles, was kaputt ist, mir vorwerfen."

Sie griff nach einer Schere und legte sie auf den Tresen.

Dann nahm sie das Blatt und schüttelte es fest. „Und ganz zu schweigen von der Tatsache, dass ihr nicht hier sein werdet und meinen Geburtstag verpasst. Schon wieder."

Sie nahm das Blatt und zerknüllte es zu einem festen Ball. Dann öffnete sie ihn und zerknüllte ihn wieder.

Sie ließ den Ball auf den Boden fallen und stampfte mit den Fersen darauf herum, bis das zerknitterte Teil platt gedrückt war.

Dann öffnete sie es und faltete es sorgfältig zu einem dünnen Streifen zusammen, so gut sie konnte, obwohl das Papier inzwischen stark in Mitleidenschaft gezogen war. Merkwürdig, wie unglaublich zufriedenstellend es war, dass verstümmelte Origami in Dutzende winzige Streifen zu schneiden.

Sie packte den ganzen Salat, warf ihn in die Spüle und zündete ihn mit dem Feuerzeug an. Das Papier ging langsam in Flammen auf, verschrumpelte am Rand rot glühend, bis das ganze Bündel vom Feuer erfasst wurde.

Während sie auf die Flammen starrte, die in ihrer Küchenspüle brannten, richtete sich Kaylee auf und ließ ihren ganzen Ärger aus sich heraus fließen.

„Ihr dürft mir das nicht mehr antun", sagte sie. „Ihr dürft mir nicht das Gefühl geben, unwichtiger oder wertlos zu sein, denn was ich erwarte, und was ihr mir gebt, sind zwei Paar Schuhe. Mir reicht's."

Sie verschränkte die Arme vor der Brust und fühlte sich ein wenig wie eine Superheldin, während der Rauch von dem Papier aufstieg.

„Wisst ihr was? Diese Päckchen können auf der verdammten Veranda stehen und vom Regen durchtränkt werden. Tiere können kommen und daran schnüffeln, reinbeißen und sie anpissen, mir egal. Ich springe nicht mehr, nur weil ihr fragt. Denn James würde nie erwarten, dass ich so etwas tue. Wenn er es nicht erwarten würde, steht es vermutlich nicht auf meiner To-do-Liste."

In ihrem Innern kam ein Beben auf. Das Gefühl, dass sie das Schicksal gerade herausgefordert hatte, und obwohl es keine Möglichkeit gab, dass ihre Eltern irgendwie erfahren konnten, was sie gerade gesagt hatte, lief ihr ein Schauer das Rückgrat hinauf.

Der Feueralarm ging los.

Kaylee keuchte entsetzt und griff nach dem Wasserhahn. Nur dass die Düse, als sie aufdrehte und versuchte, das Feuer zu löschen, in die falsche Richtung deutete, und sie vom Strahl direkt im Gesicht getroffen wurde.

Plötzlich war sie klatschnass.

Sie drehte den Strahl in die richtige Richtung. Dann ließ sie das Wasser in der Spüle laufen, stieg auf einen Stuhl und griff nach dem Feuermelder, um die Batterie herauszunehmen, damit er ihr nicht mehr das Trommelfell zerriss.

Kaylee bekam das Feuer in der Spüle gelöscht, dann stand sie da, Wasser tropfte ihr von der Nasenspitze, während es in ihren Ohren klingelte, und in ihrem Inneren stieg Gelächter auf.

Okay. Das war eine Übung darin gewesen, wie man keinen Tobsuchtsanfall bekam.

Sie wusch sich den Rauchgeruch aus den Haaren, packte eine Tasche und warf sie hinten in den Truck. Dann fuhr sie durch die Stadt zur *Diamond Tavern*, der Bar, die James und seinen Brüdern gehörte.

Sie hatten vor etwa einem Jahr geöffnet, ehe sie zusätzliche Pflichten beim familiären Edelstein-Unternehmen übernommen hatten, und inzwischen war es einer der spannendsten Läden der Stadt. Bären schmissen gern Partys, und genauso ging es den restlichen Menschen und Shiftern des Nordens.

Die örtlichen Wölfe, dass Orion-Rudel, besaßen einen eigenen Ort zum Heulen am Nordende der Stadt. *Sirius Trouble* zog sogar noch wildere Meuten an, als das *Diamond* an den meisten Abenden auffuhr.

James hatte gesagt, er wollte eine Mischung aus einer lockeren Kneipe, in der man sich entspannen konnte, und einer Event-Location für Essen und Unterhaltung. Da der Großteil der Kunden Shifter waren, war alles groß, hell und leicht zu ersetzen.

Nur weil im *Diamond* die Gäste von einem weniger explosiven Kaliber waren als im *Sirius*, hieß das nicht, dass es nicht jeden Tag zu Raufereien kam.

Amber saß bereits in einer Nische hinter dem Tresen, zusammen mit einer Frau, deren silberweißes Haar teilweise unter einer schwarzen Wollmütze verborgen war.

Kaylee glitt auf die Bank, um sich neben ihre Freundin zu setzen, und nahm dankbar die Umarmung an, die sie ihr anbot. „Ich dachte, wir hätten ein paar Minuten für uns", flüsterte sie.

Die schöne Frau ihr gegenüber streckte eine Hand aus. „Das tut mir leid. Ich bin früher gekommen und hielt es nicht für eine gute Idee, auf dem Parkplatz zu warten. Bei meinem Glück denkt vielleicht jemand, dass ich den Laden auskundschafte." Die Shifterin zwinkerte und stellte sich dann vor. „Ich bin Lara. Und vergesst nicht, ich habe ein wirklich gutes Gehör. Wenn ihr beiden euch privat unterhalten wollt, gehe ich kurz zur Toilette."

Kaylee beäugte sie und fragte sich, wovon Lara sprach.

Nach einem kurzen Schnüffeln stellte ihre innere Katze die Nackenhaare auf – nun, nicht buchstäblich, aber trotzdem war die Wahrheit glasklar. Lara war ein Wolf. Obwohl die meisten Shifter eine bessere Sinneswahrnehmung hatten als durchschnittliche Menschen, war das Gehör von Wölfen legendär.

Kaylee neigte den Kopf. „Danke für die Vorwarnung, aber ist schon in Ordnung. Ich habe eine ziemliche Woche hinter mir, doch Amber und ich können uns später auf den neuesten Stand bringen. Ich freue mich darauf, dich kennenzulernen."

„Ich auch. Ihr beiden ..." Lara schaute hinab in ihr Glas und wirbelte das Eis einen Augenblick lang herum. „Ich habe nicht viele weibliche Freundinnen, mit denen ich plaudern kann. Das ist irgendwie etwas Besonderes."

Unter dem Tisch legte Amber eine Hand auf Kaylees Bein und drückte fest.

Kaylee schaute hinab, um ein kleines Stück gefaltetes Papier in ihrer Hand zu finden. Unbehaglich wartete Kaylee, bis Amber und Lara über die Vorspeisen redeten, damit sie verstohlen einen Blick auf die Nachricht werfen konnte.

Es war eine Reihe aus drei kurzen Sätzen.

Jüngste der Familie.

Schwester-Alpha des Orion-Wolfsrudels.

Security-Abteilung, Midnight Inc.

Was ziemlich genau das war, was Kaylee bereits allein herausgefunden hatte.

Lara arbeitete nicht nur dort, sondern gehörte zu der Familie, die die Besitzer von Midnight Inc. waren, Borealis Gems größtem Rivalen.

„Haben die Damen entschieden, was sie wollen?" Die Frage kam vom Kellner, der sich neben ihren Tisch stellte. Er setzte ein dreistes Grinsen auf, während er sie offen bewunderte. Zumindest, bis sein Blick auf Lara landete.

Seine Augen wurden groß.

Lara hob eine Augenbraue, sagte aber nichts.

Er öffnete und schloss den Mund ein paarmal, warf einen Blick über die Schulter, als würde er nach Verstärkung suchen.

Amber räusperte sich, um seine Aufmerksamkeit zu erlangen. Sie funkelte ihn streng an. „Hast du ein Problem?"

Es war unterhaltsam, den Typen zu beobachten, der bestimmt über 1,85 m groß war und mindestens fünfzig

Kilo mehr wog als Amber, während er sich aufrichtete, als hätte man ihn mit der Hand in der Keksdose erwischt.

Er schüttelte heftig den Kopf, dann nahm er ihre Bestellung auf und stahl sich rasch davon, als hätte er Sorge, dass Lara von der gegenüberliegenden Seite des Tisches aufspringen und ihn durchschütteln würde.

Oder noch schlimmer, Amber.

Lara zog sich die Mütze noch etwas tiefer ins Gesicht und sank auf ihrem Platz zusammen. „Das tut mir leid, meine Lieben. Wir hätten uns irgendeinen neutraleren Ort für das Treffen suchen sollen.“

„Es gibt keine Regel, die besagt, dass du hier nicht sein darfst“, erwiderte Amber rasch.

Kaylee unterstützte sie. „Sehe ich auch so. Und ernsthaft, ich glaube nicht, dass du uns hättest überreden können, dich woanders zu treffen, denn das *Diamond* hat die besten Chicken Wings der Stadt.“

Ein sanftes Lächeln breitete sich auf Laras Gesicht aus, und sie richtete sich etwas gerader auf. „Vielen Dank. Das weiß ich zu schätzen. Mehr, als ihr ahnt.“

Sie nahm ihr Getränk und hielt es hoch, ehe sie Augenkontakt mit Kaylee und Amber nacheinander suchte. „Auf das Schließen neuer Freundschaften.“

Kaylee stieß ihr Glas an die der anderen. „Darauf, dass wir nicht wirklich wissen, was wir tun, aber trotzdem weitermachen.“

Lara entschlüpfte ein leises Lachen, und dann hob sie erneut ihr Glas. „Ja. Das ist hier auch gut vertreten.“

Die Musik war laut, und es war genug auf der Tanzfläche los, dass ziemlich bald klar wurde, dass niemand ein sonderlich großes Interesse an der Tatsache hatte, dass Lara in für sie untypisches Revier vorgedrungen war.

Die drei sprachen leise über das geheime Thema, das

Kaylee aufgedeckt hatte. Lara gab weiter, was sie konnte, musste aber den Kopf schütteln, als sie ihr konkrete Fragen über das Übernahmegerücht stellten.

„Ich bin noch nicht wieder lange genug zurück in der Stadt, um zu den Einzelheiten vorzudringen. Nach einigen Jahren in Toronto wird es Zeit brauchen, zurückzukehren und mich wieder in das Rudel einzufügen, aber ich schaffe das schon." Lara warf einen Blick zwischen ihnen hin und her. „Ich dachte, es wäre gut, mich mit euch beiden zu treffen und eine Verbindung aufzubauen, falls ich rasch handeln muss."

„Es war eine gute Idee", stimmte Amber zu, ehe sie Lara genau betrachtete. „Ich bin froh, dass du mit uns reden willst, aber ich bin ein wenig verwirrt wegen des Grundes. Willst du nicht, dass deine Familie die Nummer 1 ist?"

Ein trauriger Ausdruck ging über Laras Gesicht. „Wisst ihr, wie man sagt, dass Blut dicker ist als Wasser?"

Sie nickten beide.

„Habt ihr je das ganze Zitat gelesen?", fragte Lara unverblümt. „Die wahre Bedeutung ist ziemlich ernüchternd, und eine gute Philosophie. Ich liebe meine Schwester, so nervig sie auch ist, aber Vertrauen ist wichtiger als die Familie, in die ich hineingeboren wurde. Ich unterstütze niemanden blind, wenn derjenige das Falsche im Sinn hat. Was heißt, falls meine Schwester betrügt, lügt oder das Leben anderer Menschen anderweitig auf den Kopf stellt, will ich das wissen, damit ich es richtigstellen kann."

Amber nahm Lara an der Hand und drückte ihr die Finger. „Es tut mir leid."

„Mir auch. Ich bin mir aber nicht hundertprozentig sicher. Hoffentlich ist das alles ein Gerücht, und ich stelle fest, dass die ganze Geheimhaltung völlig legal und korrekt ist."

„Wir werden helfen, so gut wir können, aber freuen uns auch, dich kennenzulernen. Abseits von Intrigen und solchem Zeug."

Die Frau glättete einen Augenblick lang ihren silberweißen Zopf, ehe sie bestimmt den Blick hob, um sie anzuschauen. „Das macht mich glücklich. Das habe ich vorhin ernst gemeint – ich freue mich darauf, neue Freundinnen zu finden."

Impulsiv griff Kaylee über den Tisch und drückte Lara die Hand. „Wenn du je reden musst, ruf an."

„Auch bei mir", beharrte Amber. „Außer, es geht um Shifter-Zeug, da bin ich gut mit einer Suchmaschine, und sonst nicht sonderlich."

„Ich weiß nicht. Für einen Menschen bist du ziemlich anständig", neckte Kaylee.

Amber streckte die Zunge heraus.

Lara war diejenige, die das unaussprechliche Thema erwähnte, als sie sich mit einem Lächeln an Kaylee wandte. „Also, hast du dich jetzt mit deinem Bären gepaart?"

„Wie hast du denn davon erfahren?", fragte Kaylee.

Ihre neue Freundin kräuselte die Nase. „Kleinstadtgerüchte sind Kleinstadtgerüchte, und Wölfe sind zwanghafte Schnüffler. Ehrlich gesagt wird immer Neugier aufkommen, wenn es ums Paarungsfieber geht. Eisbären sind die einzigen Shifter, die es bekommen, und sie lassen sich nicht groß darüber aus, was vorgeht. Da Wölfe ihre Partner so ziemlich auf den ersten Augenblick erkennen, bin ich fasziniert von den Unterschieden, wie die Dinge für andere Stifter laufen."

Amber legte Kaylee eine Hand auf den Arm. „Du musst nicht antworten, aber, hey – zumindest versteht Lara das mit dem Paaren, was ich, der Mensch in der Gruppe, nicht verstehe."

Kaylee fummelte an ihrer Serviette herum. „Ich will mit ihm zusammen sein, aber bisher spüre ich nichts Ungewöhnliches. Katzen haben keine schicksalsbestimmten Partner, und ich habe kein scharfes Ziehen oder so was gespürt. Ich weiß nicht. Wie soll sich denn eine Paarbindung anfühlen?"

„Dieser Augenblick, wenn du die Luft zu lange angehalten hast, und du den Kopf nicht über Wasser heben und frische Luft einsaugen kannst, und du einfach weißt, dass du sterben wirst. Stell dir diesen Augenblick vor, drängend und fortgesetzt. Zumindest bei einer nicht erfüllten Verbindung."

Lara nahm nebenher einen Schluck von ihrem Drink, während Amber und Kaylee sie erstaunt anschauten.

Ihre neue Freundin zuckte mit den Schultern. „So habe ich es gehört."

Also gut. „So etwas spüre ich nicht, aber James sagt, er will mit mir zusammen sein, und ich will mit ihm zusammen sein. Also werden wir sehen, was passiert."

Amber drückte ihr auf dem Tisch die Finger. „Wieder einmal, für mich als einzigen Menschen der Runde, klingt das doch nicht allzu seltsam. Klingt, als würdet ihr es zusammen versuchen und dann zusammenziehen, wie es die meisten Menschen machen."

„Nein, es ist seltsam", sagten Lara und Kaylee gleichzeitig, woraufhin sie alle drei zu lachen anfingen.

„Was ist denn so witzig?" Eine tiefe Stimme erklang einen halben Meter links von Kaylee.

Sie schauten alle auf, um festzustellen, dass nicht nur James eingetroffen war, sondern auch Cooper und Alex standen beide wartend da, ragten über dem Tisch auf, wie riesige Bären mit übertriebenem Beschützerinstinkt ...

Genau, was sie waren.

„Bittest du uns, dass wir uns zu euch setzen?", neckte sie James.

„Klar", erwiderte Amber rasch und rückte zur Wand.

Kaylee glitt zur Mitte der Bank, um Platz für James zu machen, damit er zu ihr und Amber kam. Sie würde ihn später damit aufziehen, dass ihm die schmutzigen Blicke, die Alex in Laras Richtung warf, völlig entgingen.

Ach ja. Die Bar gehörte den dreien. Falls irgendwas zu Schaden kam, würden sie es bezahlen müssen.

15

Als er sich neben Kaylee setzte und sie an sich zog, konnte James sich nicht vorstellen, wo er lieber gewesen wäre.

Ihr Oberschenkel lag dicht an seinem, ihre Hüften berührten einander. Er hielt einen Arm um ihren Körper gelegt, und in seinem Inneren seufzte sein Bär zufrieden.

Sie lehnte sich näher an ihn. Erheiterung schwang in ihrer Stimme mit, während sie flüsterte: „Ich hoffe, du hast Geld dabei, um mich freizukaufen."

Auf der gegenüberliegenden Seite des Tisches schnaubte die dritte Frau, diejenige mit den unglaublichen Augen – braun, von goldenen Sprengseln durchschossen –, bevor sie sich damit beschäftigte, die Nachspeisenkarte durchzugehen. Alex war auf den Platz neben sie gezwungen worden, während Cooper auf der Außenseite der Bank saß.

Sie hatten den Laden so gemütlich wie möglich für Shifter aller Größen eingerichtet, aber es wirkte immer noch, als würden sie sich zusammendrängen.

„Schafft ihr das da drüben?", fragte James.

Alex wirkte geradezu unbehaglich, rückte von Cooper ab, um zu versuchen, ihm etwas Ellbogenfreiheit zu verschaffen, während sein ältester Bruder sein Getränk nahm, das in dem Augenblick gekommen war, als sie sich hingesetzt hatten.

Nur dass das Rücken Alex dichter an die Fremde brachte, und keiner von ihnen wirkte, als hätten sie dabei Spaß.

Die Frau mit dem weißblonden Haar lächelte James freundlich an, und dabei leuchtete ihr Gesicht. „Mir geht's gut. Für mich müsst ihr nicht rücken."

Alex nahm sein Glas und trank stetig, anstatt zu antworten.

James verschränkte seine Finger mit denen von Kaylee und lächelte sie an. „Haben du und Amber euch bereits auf den neuesten Stand gebracht?"

In der Ecke streckte Amber den Kopf vor. „Noch nicht, es dauert ein paar Tage, um sich wirklich gut auszuquatschen."

„Kommt darauf an, wie viel es zu erzählen gibt", ergänzte Kaylee.

„Oh, meine Freundin. Ich glaube, es gibt eine Menge zu erzählen." Amber zwinkerte James zu. „Ihr lasst mich wissen, wenn ich helfen kann, irgendwas zu koordinieren."

Platten mit Chicken Wings kamen, und einen Augenblick später war die ganze Tischfläche mit Essen und allen möglichen Soßen zugestellt. Einen Augenblick lang bewegten sich Hände schneller als Münder, während sich jeder seine Favoriten schnappte.

Dann gewann James' Neugier die Oberhand, und er wandte sich an den Neuzugang. „Warum siehst du so vertraut aus?"

Sein mittlerer Bruder schnaubte. „Wie kommt es, dass

du das nicht weißt?"

„Weil ich ein paar Jahre nicht hier gelebt habe", sagte die Frau trocken, wischte sich die Finger ab, dann bot sie James eine Hand. „Lara Lazuli."

Er hielt sein Lächeln aufrecht, denn es gehörte zu seinem Beruf, auch in unerwarteten Situationen cool und gefasst zu bleiben. Nun ergab Alex' Unbehagen einen Sinn. Heiliger Bimbam – Lara war die jüngste Tochter der Familie, die Midnight Inc. betrieb, ihren größten Rivalen.

Was bedeutete, dass das eine tolle Gelegenheit war, Alex die Daumenschrauben anzulegen, denn er schien sich sehr viel weiter wegzubeugen, als diese harmlos wirkende, zierliche Frau es erforderlich machte.

James schüttelte Lara fest die Hand. „Sich mit dem Feind einlassen. Gefällt mir. Das gibt dem Tag doch etwas Würze."

Kaylee stieß ihm einen Ellbogen in die Seite. „Hör auf damit. Sie ist nicht der Feind, sie ist unsere Freundin."

„Wirklich", sagte Alex, seine Stimme tief und gefühllos. „Ihr seid ja alle in schrecklich kurzer Zeit beste Freundinnen geworden."

Amber stützte die Ellbogen auf den Tisch und ließ das Kinn auf den Handflächen ruhen. Sie sah entzückend aus, wie eine verdammte Baumelfe. „Ach was? Das liegt daran, dass Frauen wunderbare und herrliche Wesen sind."

Lara machte die niedliche Haltung nach, klimperte vor Alex mit den Wimpern. „Zuckersüß, das sind wir."

Einen Augenblick lang brachte er kein Wort heraus. Cooper klopfte Alex fest zwischen die Schulterblätter.

Alex so gereizt zu sehen, nur weil eine Frau mit zarten Zügen neben ihm saß, war zum Schießen. James freute sich über die gute Unterhaltung, und dass Kaylee neben ihm saß, machte alles andere in ihm zufrieden.

Cooper und Amber begannen ein angeregtes Gespräch über den Terminplan für die Gala zum baldigen Canada Day. Es hätte James' Aufgabe sein sollen, das Event auf die Beine zu stellen, doch während er in der letzten Woche außer Gefecht gewesen war, schienen sich die Dinge weiterentwickelt zu haben, ohne dass er etwas dazu beitrug.

Kaylee tippte ihm auf die Schulter, ehe er sich in das Gespräch stürzen konnte. „Ich muss mal für kleine Luchse."

Er trat zur Seite, um sie hinauszulassen, und unterdrückte ein Grinsen, als Cooper und Alex von ihrer Seite der Bank glitten, um auch Lara durchzulassen.

Er wandte sich an Amber und deutete zu den anderen Frauen, die bereits unterwegs waren.

Sie schüttelte den Kopf. „Nö. Brauche ich nicht."

„Ich dachte, Frauen ziehen nur im Rudel aufs Klo", neckte er sie.

Amber hob ihren Bierkrug, schaute ihn dabei erheitert an. „Diese Menschenfrau hier hat eine immense Blasenkapazität, weit, weit über der eines durchschnittlichen Shifters."

Seine beiden Brüder lachten, während sie sich wieder hinter dem Tisch niederließen und dann nach ihren Getränken griffen.

Cooper hob sein Glas, um mit der kleinen, dunkelhaarigen Frau anzustoßen. „Mögest du immer mehr haben, als du brauchst."

Alex rückte vor, sprach leise, aber beharrlich. „Ernsthaft, was macht sie hier? Lara, meine ich."

Amber rückte näher und beugte sich vor, als würde sie ein großes Geheimnis teilen. Sie senkte die Stimme und gab mit großer Aufregung zum Besten: „Sie trinkt was mit mir und Kaylee."

Sein Bruder lehnte sich gereizt zurück. „Amber."

„Alex", wiederholte sie im selben Tonfall. Sowohl James als auch Cooper kämpften dagegen an, loszukichern. Es war zu witzig, diese kleine Menschenfrau zu sehen, wie sie die Herrschaft in einer Situation erlangte, in der sie sich hätte eingeschüchtert fühlen sollen. Alex gab keinen Zentimeter nach, und im Augenblick war er derjenige, der sich hundert Prozent im übermäßig beschützenden, rechthaberischen Bärenmodus befand.

Es war jedoch offensichtlich, dass Amber überhaupt kein Problem damit hatte, ihm klarzumachen, dass das eine Sperrzone war.

„Du musst mal einen Schritt zurücktreten und dich um deinen eigenen Kram kümmern, Freundchen. Ich weiß, dass du der große Pu-Bär, der Security von Borealis Gems, bist, aber du hast nicht zu entscheiden, wen Kaylee und ich privat treffen." Sie hatte Feuer gefangen, und ihre Augen glitzerten.

Ein tiefes Grollen entschlüpfte Alex. „Pu-Pah."

Amber runzelte die Stirn. „Was?"

„Es heißt großer Pu-Pah - ich, als Leiter der Security, und so weiter. Nicht Pu-Bär. Das ist ein Plüschtier in einer Gesch..."

„Ich weiß, wer Pu der Bär ist." Amber sprach so trocken, dass James kicherte, was er verdeckte, als sein Bruder ihm einen garstigen Blick zuwarf. Sie fuhr fort. „Wenn und falls ich dir etwas Wichtiges mitzuteilen habe, mache ich das. Bis dahin hältst du deinen pelzigen Hintern aus meinen Angelegenheiten raus."

Alex wirkte immer noch verärgert, doch er nickte knapp und hörte dann auf, auf sie einzureden. Die Anspannung, die sich langsam aufgebaut hatte, ließ nach.

Cooper rückte ab, als Amber sich entspannte und ihr

Getränk nahm.

James ließ seinen Blick hinüber zum Tresen wandern. Da Alex es besser wusste, als einen Streit mit jemandem anzufangen, gegen den er nicht gewinnen konnte, und Cooper als Verstärkung für seine Assistentin diente, falls sie ihn brauchte, was nicht sehr wahrscheinlich war, gab es nichts, worum James sich Sorgen machen musste.

Kaylee und Lara kamen zurück zu ihrem Tisch, gingen nebeneinander und lachten, während sie sich zu dem Platz, an dem er wartete, durch die Menge schlängelten.

Bis ihnen jemand in den Weg trat.

James erkannte den Mann nicht, oder auch seine Freunde, und er wollte sofort bereitstehen, falls sie den Weg der Frauen nicht unabsichtlich versperrt hatten. Er war sowieso schon auf den Beinen, denn verdammt noch mal, Kaylee gehörte *ihm*, und er hatte vor, sich um sie zu kümmern, ganz gleich, was geschah.

Blut rauschte in seinem Kopf, während seine Wut anstieg, und er bewegte sich schnell vorwärts.

Es war nicht zufällig passiert. Jemand war auf der Suche nach Ärger.

„Du bist ja eine Süße", sagte der Mann und hob eine Hand, als würde er mit dem Knöchel über die Seite von Kaylees Wange streichen wollen. „Viel zu süß, um mit solchem Abschaum herumzuhängen."

Kaylee schlug seine Hand weg, ehe er sie berühren konnte, noch während ein weiterer Mann nach Lara griff.

Jemand in James' Weg hob eine Faust. Er wehrte sich, es war Selbstverteidigung.

Und dann, wie an den meisten Abenden in einer Stadt im Norden, sobald die Gewalt einmal ausgebrochen war, breitete sie sich in einer größer werdenden Woge aus, bis die gesamte Zusammenkunft erfasst war.

Fäuste wurden geschwungen, Körper krachten ineinander. Tische ächzten, und Gläser gingen in die Brüche. Durch all das bewegte sich James weiter wie der Bär, der er war. Er merkte gar nicht, ob er jemanden traf, er wusste nur, dass er so schnell wie möglich zu Kaylee kommen musste.

Er pflügte weiter, Körper flogen von ihm weg, als hätte man sie teleportiert. Oder vielleicht waren das seine Fäuste, die die passenden Körperteile erwischten.

Doch als er auf der anderen Seite der Menschenmenge ankam, stand Kaylee da, die Arme vor der Brust verschränkt, und funkelte den ersten Mann an, der versucht hatte, sie zu berühren.

Den Mann, der derzeit auf dem Boden lag und stöhnte.

„Kaylee." James stürmte vor.

Und da fiel ihm auf, dass Lara den anderen Mann auf die Knie gezwungen hatte, sein Körper in eine schmerzhafte Lage verdreht. Sie hatte ihm einen Arm auf den Rücken gedreht, und die Finger ihrer freien Hand waren in seinen Haaren vergraben, sein Kopf in einem unangenehmen Winkel nach hinten gezogen.

Lara hatte ein verstörend freundliches Gesicht aufgesetzt, als sie leise mit Kaylee sprach. „In dieser Bar gibt es ganz schön unhöfliche Leute."

„Die üblichen eben", erwiderte Kaylee mit der gleichen überzogenen Süßlichkeit. „Ist wohl Vollmond oder so."

Hinter Lara, am Rande seines Gesichtsfelds, hielten Alex und Cooper zwei weitere Unruhestifter im Schwitzkasten. James' Blick blieb fest auf den Mann gerichtet, der auf dem Boden lag und versuchte, seitwärts in Sicherheit zu kriechen.

Blut hämmerte hinter James Augen. „Du hast versucht, Kaylee anzufassen", sagte er. „Jetzt bist du des Todes."

16

Kaylee spürte einen leichten Schmerz am ganzen Körper. Es war ja gut und schön, dass James ihr Partner sein wollte, aber das? Ernsthaft?

Als der große Dummkopf sich vorwärts bewegte, trat sie vor ihn und schlug ihn gegen die Brust. James blieb sofort stehen.

„Jetzt bist du des Todes? Für wen hältst du dich denn, Inigo Montoya?"

Unter ihrer Hand hob und senkte sich James' Brust weiter, pulsierte bei jedem schweren Atemzug. Seine blutunterlaufen Augen schienen sich nicht konzentrieren zu können, und sie hätte schwören können, dass seine Reißzähne leicht hervortraten, als er versuchte, den Mann zu finden, von dem sie spürte, dass er hinter ihr in Sicherheit kroch.

„Er hat dich berührt", knurrte James, weit mehr Tier als Mensch.

„Hat er nicht", sagte Kaylee.

Es war die Wahrheit. Da sie seine Hand weggeschlagen hatte, und Lara wie eine verdammte Ninja-

Kriegerprinzessin auf den Plan getreten war, indem sie den Kerl niedergestreckt hatte, der Kaylee belästigt hatte, und auch noch den dahinter, hatte sie kaum Zeit gehabt, sich Sorgen zu machen.

„Hat dich berührt." Diesmal war es ein Brüllen.

Okay. Jetzt war es Zeit, sich Sorgen zu machen. Man konnte mit ihm nicht vernünftig reden, wenn er so war. Er ließ menschliches Denken rasch hinter sich und war bald nur noch zu einer Kampf-oder-Flucht-Reaktion fähig.

Und in diesem Augenblick kannte sein Bär keine Flucht-Reaktion.

Es gab nur eines, was Kaylee einfallen wollte, um zu verhindern, dass Blut vergossen wurde – nun ja, mehr als die blutigen Nasen und blauen Augen, die bereits sichtbar zwischen ihrem Tisch und ihrem jetzigen Standort auf dem Boden verstreut lagen.

Sie packte die Vorderseite seines Hemdes mit beiden Fäusten und zog sich zu ihm hinauf, nutzte ihren Körper als Schild, um zu versuchen, ihn zu beruhigen.

„Ich bin in Sicherheit. Mir geht's gut."

James hatte Schwierigkeiten, sich zu konzentrieren, und er knurrte noch immer.

Kaylee ließ die Hände seine Brust hinaufgleiten, bis sie sie um sein Gesicht legen konnte. Als er sie nicht anschaute, gab sie ihrem Frust nach und packte ihn an den Ohren, an denen sie fest zog, um seine Aufmerksamkeit zu erlangen.

Sein Bär starrte zurück.

„Ich laufe jetzt los", sagte sie so hochnäsig, wie sie konnte. „Vielleicht, wenn du mich einholst, können wir über dein Benehmen heute Abend sprechen."

Sein Arm schwang herum, als würde er sie zu einer riesigen Umarmung heranziehen wollen, aber sie war nicht umsonst eine Katze. Sie ließ sich auf den Boden fallen und begab sich mit einem raschen Winken zu ihren Freundinnen Richtung Ausgang.

Jemand aus der Menschenmenge hatte gut genug aufgepasst, um zu merken, dass sie ein klein wenig Hilfe brauchte, und schob die Tür auf, um dann aus dem Weg zu huschen. Das war schon gut, denn sie brauchte beide Hände, um sich ihr T-Shirt vom Leib zu reißen. Sie schaffte es durch die Öffnung und bog scharf nach rechts, warf sich mehr oder weniger auf den Boden, während sie ihren Rock abriss, ihre Stiefel von sich stieß und sich verwandelte.

James war nur Sekunden hinter ihr. Jemand hatte ihm wohl lange genug im Weg gestanden, um ihr diesen Vorsprung zu verschaffen, aber es reichte. Sie lief zu dem Weg, der passenderweise entlang des Parkplatzes verlief. Denjenigen, der in die Wildnis führte, mit etlichen Forstpfaden und Joggingwegen für die menschliche Gemeinschaft, die auch die Natur genießen wollten.

Warme Luft zog an ihr vorbei. Kaylee sog tiefe Atemzüge ein und ließ ihre Füße den Boden fühlen. Im Schnee wäre sie schneller gewesen, aber die dicken Polster auf ihren Pfoten ließen sie über die mit Ästen übersäten Lücken zwischen den Bäumen setzen, während sie von einem Pfad zum nächsten huschte, James von allen wegführte, bei denen er Schwierigkeiten bekommen würde, wenn er sie einen Kopf kürzer machte.

Sie wurde langsamer und duckte sich um einem Baum – und rannte verdammt nochmal fast in ihn hinein, seine massive Gestalt saß mitten auf dem Weg wie ein Türstopper.

Kaylee legte den Rückwärtsgang ein, huschte weg und durch ein Gebüsch aus stachligem Unterholz, duckte sich tief genug, sodass sie durchpasste, ohne mehr als ein paar Haarbüschel zu verlieren.

Sie lief so schnell wie möglich über die offene Fläche auf der anderen Seite, weil sie einen Vorsprung bekommen wollte. Er würde dieses ganze Gebiet umgehen müssen, und die zusätzliche Strecke würde ihr Zeit verschaffen, um …

Nur dass er, als sie wieder auf den Weg durchbrach, über dem Pfad lag, als wäre er ein Model aus dem Playboy. Ein pelziges Bein hatte er nach oben genommen und über das andere gelegt, der Kopf ruhte auf einer Pfote.

Er ist süß, sagte ihre Katze. *Er sollte doch nicht so süß sein.*

Süß, aber auch furchtbar nervig.

Ich würde ihn küssen, sagte ihre Katze mit schockierender Verträglichkeit.

Was die Dinge völlig auf den Kopf stellte. Ihre Katze mochte nur selten jemanden auf diese Weise. Kaylee tappte hinüber zu dem Ort, an dem James wartete, inzwischen auf den Bauch gerollt, und sie genau beobachtete.

Was zum Teufel? Kaylee ließ ihre wilde Seite tun, was sie wollte, und das war, ihn in die Ohrspitze zu beißen.

James schlug seine enorm kräftige Pfote so zart gegen sie, dass er nicht einmal an den Flügeln eines Schmetterlings gerüttelt hätte.

Rasch verwandelte sie sich, und das tat er auch, während er sie in seine Arme zog und sie mit sich zu Boden riss. Er hielt seinen Körper unter ihrem, nahm besitzergreifend ihre Lippen ein. Das tiefe Grollen, das aus seiner Brust empordrang, verklang schließlich, nachdem er sie fest genug geküsst hatte, um sie zum Keuchen zu bringen.

Sie kniete über ihm, ihre Handflächen auf seinen nackten Oberkörper gedrückt, und starrte hinab in seine großen braunen Augen. „Du musst für mich keinen anderen Leuten wehtun", tadelte sie ihn.

„Aber er hat dich berührt", wiederholte James den Satz wie ein Dreijähriger, in dessen Verstand nur für eine Sache Platz war.

Sie zog ihn an der Nase. „Hat er nicht. Ich habe mich selbst geschützt."

„Er hätte dir wehtun können."

Sehr zweifelhaft. „Lara war wie ein erstklassiger Bodyguard auf Speed, selbst wenn er es also geschafft hätte, mich zu berühren, hätte sie ihn in Sekunden auf den Boden geworfen."

Seine Miene war völlig verwirrt. „Lara hat das getan?"

„Ja. Und deine Brüder haben sich um zwei weitere gekümmert, obwohl das daran lag, dass du bereits ein wenig damit beschäftigt warfst, Dutzende Leute auf dem direkten Weg auszuschalten." Als er blinzelte und die Gnade hatte, ein wenig beschämt zu wirken, beugte sie sich dichter heran, erregt von der Hitze aus ihrer beider Brust. „Ich bin in Ordnung, ich schwöre es."

Er neigte unsicher das Kinn, sein Blick hob sich zu ihrem. „Ich glaube, das ist die Paarbindung. Ich meine, ich habe noch nie ein solches Gefühl gehabt, noch nie so die Beherrschung verloren."

Sie prüfte noch einmal ihre inneren Systeme, aber es gab nichts anderes als die verblassten Spuren von Angst, Ärger und Erheiterung. Das absolute Entsetzen auf Alex' Gesicht, als er die süße Lara gesehen hatte, die bereitstand, ihr Opfer lebend zu häuten, war ein toller Anblick gewesen.

Keine mystische Paarbindung war zwischen ihr und James aufgekommen.

Trotzdem wollte sie nicht, dass er sich darum sorgte. „Es tut mir leid, dass dich das so überraschend erwischt hat.

Und obwohl ich nichts spüre, verstehe ich es. Wir werden besonders gut aufpassen, bis die Dinge sich beruhigen."

James rollte sich herum, nagelte sie unter sich fest. Das weiche, grüne Moos unter ihrem Rücken war von der Sonne gewärmt, und da er auf ihr lag, stiegen alle möglichen interessanten Ideen in ihr auf.

Sie griff nach unten und legte beide Hände um seinen Schwanz, strich sanft darüber.

Seine Augen rollten nach hinten, und er stöhnte. „Kaylee."

„Was? Wir sind schön gelaufen, und du hast mich erwischt. Ich glaube, das heißt, du verdienst eine Belohnung." Es dürstete sie danach, ihn in den Mund zu nehmen. Dürstete sie danach, noch einmal jedes kleinste Teil von ihm zu kosten.

Was sie bekam, war ein überaus erregter Mann, seine Hände bewegten sich geschickt, während er sie neckte und in den Wahnsinn trieb. Er spielte mit ihren Brüsten, kitzelte sie an den Rippen, streichelte sie zwischen den Beinen.

Sie tat ihr Bestes, um es ihm genauso zu erwidern, schob ihn zurück, damit sie sich aufrichten und ihn in die Schulter beißen konnte. Sie zog die Zähne über die dicken Muskeln seines Halses und drückte ihm dann einen Kuss auf die Brust, sein Oberkörper war glühend heiß.

Ihre Hände lagen fest um seinen Schwanz, streichelten ihn. Seine Finger waren tief in ihr, glitten hinein und heraus auf eine Art, die andeutete, was kommen würde.

Sie. Er. Das stand fest.

„Kaylee", grollte James warnend, während sie unter ihm hervorglitt und ihm den Rücken zuwandte. Sie ließ sich auf Hände und Knie nieder und warf einen *komm schon*-Blick über die Schulter.

Er legte ihr eine Hand auf die Hüfte, während er sich

hinter ihr in Stellung brachte. Hände glitten ihren Rücken hinauf, dann wieder hinab. Eine Liebkosung, die sie anbetete, und doch eine Forderung. „Ich könnte dich stundenlang anstarren."

Sie wusste etwas Besseres. „Starr nicht. Fick mich."

Ihr ganzer Körper bebte bei dieser schmutzigen Bitte. Er stieß gegen sie, sein langer Schwanz zwischen ihren Beinen, ihr Körper feucht und noch feuchter, als die harte Spitze immer wieder gegen ihre Klitoris stieß. „Sag mir, dass du mich willst."

„Ja. Jetzt." Sie neigte die Hüfte. Seine Vorwärtsbewegung traf ihre Schamlippen, und diesmal drang er tief ein. Bis zum Anschlag, bis seine Hüften an ihren Hintern stießen. So erfüllt, so verbunden.

James keuchte heftig. Seine Finger bohrten sich in ihre Hüften, während er sich zurückzog und vorwärts stieß. Er wurde schneller, härter. Kaylee ließ sich auf die Ellbogen fallen und stützte sich auf, während er in sie hineinhämmerte. Jeder Teil ihres Körpers prickelte vor Sinnlichkeit, raste auf die Erfüllung zu. Als er sich nach vorn beugte, sein Körper warm und schützend, und eine Hand über ihren Bauch glitt, um auf ihrer Klitoris zu landen, fing sie einen Countdown an.

Drei, zwei …

„*James*." Ihr Geschlecht zog sich um seinen Schwanz zusammen, zuckte und pulsierte heftig genug, um sich zu fühlen, als würde sie in den Boden schmelzen wie Tauwasser im Frühling.

Er zuckte hinter ihr, brüllte vor Lust so laut, dass sie vermutlich jeder in einem Fünf-Meilen-Umkreis hörte.

Sie stellte fest, dass es ihr nicht peinlich war. Kein bisschen.

Sie waren immer noch verbunden, als James sich

zusammenrollte, sodass er irgendwie sitzend zum Abschluss kam, während sie auf seinem dicken Glied aufgespießt war. Ihre Arme umschlangen einander. Leicht verschwitzt, äußerst befriedigt.

Sie ließ den Kopf auf seine Brust fallen und hörte auf seinen Herzschlag. „Tolles Date", brachte sie schließlich hervor.

Sein Lachen grollte aus seiner Brust, bis sie beide bebten.

Er legte ihr seine Finger unters Kinn und hob es, bis er auf sie hinab lächelte. „Das beste."

17

———

Die nächste Woche verstrich in einem Rausch. James war die ganze Zeit auf Achse, um für die Gala bereit zu sein.

Dazu kam, dass es zunehmend schwierig wurde, die anstehenden Promotion-Touren des Sommers zu buchen. Einladungen trudelten ein und mussten beantwortet werden. Eigentlich wollte er für sich und Kaylee zusagen.

Stattdessen schickte er sie mit der Option für eine Begleitperson ab und hoffte wie verrückt, dass sie eine Möglichkeit finden würden, das zum Funktionieren zu bringen.

In Wahrheit wollte er sie an seiner Seite. Immer.

Nicht nur in seiner Wohnung, wo sie auf eine Routine verfallen waren, in den Armen des anderen zu erwachen, herumzualbern, dann zusammen Frühstück zu machen, während sie beide bis zu den Ohren grinsten.

Nicht nur, wenn sie sich ihm anschloss, um in Menschengestalt Spaziergänge zu unternehmen und in ihrer Tiergestalt zu laufen.

Nicht nur, wenn sie Zeit mit Alex und Cooper verbrachten, wobei seine Brüder sorgsam wachten, als wollten sie ihren Baby-Bruder davor schützen, verletzt zu werden.

Er war Kaylee wichtig. Das *wusste* er. Das wusste er bis in sein Innerstes hinein.

Aber sie waren keine Partner. Diese Schatztruhe des Potenzials in ihm blieb fest verschlossen, ganz gleich, wie deutlich er spüren konnte, dass sie da war.

Was bedeutete, dass sie sich Sorgen über alles machte, was sie als seine Partnerin würde tun müssen, und es schien nicht, als könne er irgendetwas tun, um ihr in dieser Sache Gewissheit zu verschaffen.

„Ich will für Borealis Gems nichts vermasseln", wiederholte sie zum zigsten Mal. „Wenn ich mit dir auf eine Bühne gehe, wer weiß schon, was passieren könnte? Ich könnte eine Panikattacke haben. Ich könnte einfach umkippen – und würde das gut aussehen, wenn es landesweit im Fernsehen übertragen wird?"

Er drückte sie fest. „Was, wenn du *keine* Panik bekommst, weil ich gleich neben dir stehe? Oder was, wenn du überhaupt gar nicht erst mit mir die Bühne betrittst? Du könntest irgendwo in der Nähe an der Seite stehen und winken."

„Ja, genau. Perfekter Gedanke. Ich kann mir richtiggehend vorstellen, wie Meghan das bei Prinz Harry macht. Irgendwo abseits der Menge stehen und winken, wenn sie ihren Namen rufen. Oder im Auto sitzen und einen Arm raushalten, anstatt an seiner Seite zu stehen."

James musste grinsen.

Sie funkelte ihn an. „Was soll denn dieses Gesicht? Wir besprechen etwas Ernstes."

Er konnte nicht anders. „Mir gefällt es, mit Prinz Harry

verglichen zu werden. Und ich glaube, du und Meghan habt eine Menge gemeinsam."

Ihre Lippen zuckten. „Du bist eine Nervensäge", beschwerte sie sich leise, glitt in seine Arme und tätschelte ihm die Brust.

„Aber ich bin deine Nervensäge, oder?"

Ihre Lippen verzogen sich zu einem Lächeln. „Ja."

Trotzdem waren sie nicht zu irgendwelchen großartigen Lösungen gekommen, denn obwohl es ihm wirklich nichts ausmachte, sie aus dem Rampenlicht zu halten, war es klar, dass sie da sein musste.

Falls er sie als seine Partnerin erwählte – *und das tat er* –, wählte er auch, dass sie an seiner Seite stand.

Was bedeutete ...

Ein Gedanke flackerte durch sein Gehirn, zu rasch, um hängen zu bleiben.

Vielleicht dachte er auf die falsche Art darüber nach. Er hatte Mühe, herauszubringen, was da ganz hinten in seinem Verstand lockte, aber ehe er es sich versah, war der Tag der Gala gekommen, und seine mutige, süße, schöne Kaylee saß ihm gegenüber am Frühstückstisch, als würde sie sich darauf vorbereiten, vor einem Erschießungskommando anzutreten.

Er öffnete den Mund.

Sie hob eine Hand. „Kein Wort. Ich habe gesagt, ich würde für dich dort sein, und ich habe es ernst gemeint."

„Ich will dich beschützen", sagte er aufrichtig. „Das heißt, dass ich nicht will, dass du etwas machst, das dich verletzt."

„Das verstehe ich, und ich weiß es enorm zu schätzen. Aber du hast gestern etwas gesagt, das wahr ist. Was wäre, wenn?" Sie hob den müden Blick zu seinem, aber dort stand auch Entschlossenheit. „Was, wenn die Dinge, um die ich mir Sorgen mache, vorrangig in meinem Kopf stattfinden? Was, wenn ich das tun kann, aber aufgebe, bevor ich es auch nur versucht habe? Das ist nicht fair dir gegenüber. Also – machen wir es."

Er umschloss mit seinen Fingern ihre, drückte sie fest, ehe er sie an die Lippen hob, um sie zart zu küssen. „Das ist meine Kaylee Kat."

Sie glitt aus ihrem Stuhl und stieg auf seinen Schoß, und wenn er sich keinen Alarm eingestellt hätte, um ihn daran zu erinnern, wann er aufbrechen musste, hätten ihre süßen Küsse dafür gesorgt, dass er zu spät kam.

Kaylee ging mit ihm zur Tür der Wohnung, Hand in Hand.

„Ich werde heute den Großteil des Tages über irgendwo in der Nähe der Außenbühne sein. Wir werden nicht vor acht ins Auditorium umziehen", erinnerte sie James.

„Ich suche dich dann. Ich ziehe mich um, dann komme ich zu dir."

James küsste sie, das Herz voller Zuneigung, während sie ihm fest den Nacken drückte, ehe sie losließ, um zurück in die Wohnung zu laufen, als würde sie dorthin gehören.

Was sie auch tat. Das tat sie auf jeden Fall, verdammt sei die Paarbindung.

Unten auf dem Festgelände begann sich der Parkplatz zu füllen, während Leute umhermarschierten, sich bei den verschiedenen Verkäufern etwas zu essen holten. Überall waren Familien und Rudel aus Teenagern, die sich zum Flirten in die weniger überwachten Ecken zurückzogen. Es schien, als wäre die ganze Gemeinschaft zu dem Event gekommen.

Er war gerade dabei, ein paar Verlosungen zu organisieren, als ihr Anruf kam. „Kaylee. Wo bist du?"

„Spät dran. Es tut mir leid, aber ich werde nicht gleich zur Eröffnung da sein."

Der Lärm des Festes nahm langsam zu, und er war von der Gruppe, mit der er beschäftigt gewesen war, weggetreten, um einen ruhigen Platz zu finden. „Brauchst du irgendwie Hilfe?"

Sie zögerte einen Augenblick, dann sagte sie knapp: „Es ist eine kleine Verpflichtung aufgekommen. Ich werde ein paar Stunden brauchen, um mich darum zu kümmern, und dann bin ich da. Ich verspreche es."

Er fand eine ruhige Stelle und konzentrierte sich auf sie. Lauschte intensiv, um zu hören, ob es noch etwas gab, was sie sagen wollte.

Nichts.

Er holte tief Luft und vertraute auf sie.

„Du wirst mir fehlen", teilte er ihr mit. „Ich habe mich darauf gefreut, dich zu sehen, aber ich freue mich noch mehr auf nach der Feier. Ich habe vor, dich nach Hause zu bringen und die ganze Nacht lang festzuhalten."

„Das würde mir gefallen", erklärte sie. „Jetzt los. Ich bin sicher, eine Million Leute brauchen dort deine Hilfe. Ich werde so schnell kommen, wie ich kann."

Scheiß doch auf das, was alle dachten. Er gab ihr einen Luftkuss und lächelte, als ihr Lachen durch die Leitung kam, ehe sie auflegte.

Obwohl es mehr als genug zu tun gab, blieb Kaylee in seinen Gedanken. James arbeitete schnell, lächelte Menschen an, plauderte und war freundlich. Beäugte die wachsende Menge.

Ambers vertrauter dunkler Haarschopf tauchte auf, als sie aus dem Organisationszelt trat. James war überrascht, Lara an ihrer Seite zu sehen, ihr langes, silberweißes Haar zu einem hohen Pferdeschwanz gebunden.

Die Frauen streiften gemächlich herum. James beobachtete interessiert, wie mehr als nur ein Gast zweimal hinschaute, wenn er ein Mitglied von Midnight Inc. auf einem von Borealis Gems gesponserten Event entdeckte.

Dazu gehörte, wie es schien, sein Bruder.

„Was macht denn diese Frau hier?", wollte Alex wissen.

James zuckte mit den Schultern. „Sieht so aus, als hätten Amber und Kaylee sie adoptiert. Du solltest vermutlich nicht mehr so empfindlich sein, oder die drei werden dir das Leben zur Hölle machen, weil es so viel Spaß macht, zu beobachten, wie du dich ärgerst."

„Ich traue ihr nicht."

„Ich sehe nicht, dass sie etwas nicht Vertrauenswürdiges macht", erklärte ihm James. Er wandte den Kopf zum Parkplatz, sah nach der Lücke neben seinem Auto, weil er hoffte, Kaylees Truck wäre magisch in den letzten drei Sekunden dort aufgetaucht.

„Es ist aber nicht richtig", beschwerte sich Alex, während er die Arme vor der Brust verschränkte. „Jemanden von der Konkurrenz einzuladen, um herumzuhängen, wenn ich verdammt nochmal sicher bin, dass sie nichts Gutes im Schilde führt ..."

„Vielleicht solltest du sie genau im Auge behalten", schlug James vor. Alles, um seinen Bruder loszuwerden.

„Das habe ich vor." Alex wandte sein finsteres Gesicht zu James. „Wo ist Kaylee?"

Toll. Die Ablenkung war gescheitert. „Sie wird schon kommen", sagte James milde.

Alex schaute auf seine Uhr. „Das erste Event fängt in knapp zehn Minuten an", stellte er fest.

„Danke, du wandelnde Stoppuhr."

„Ich sag doch nur. Kaylee ist normalerweise pünktlicher als das ..." Alex verstummte, dann runzelte er die Stirn.

„Moment mal. Kaylee ist pünktlich, aber normalerweise kommt sie nicht zu Events wie diesem. Bist du sicher?"

Der besorgte Blick auf dem Gesicht seines Bruders war extrem nervig. „Ich sagte, dass sie da sein wird."

Aber während aus dem Nachmittag Abend wurde und es immer noch keine Spur von Kaylee gab, stellte James fest, dass es ihm schwerer fiel, ein fröhliches Gesicht aufzusetzen, jedes Mal, wenn Alex ihm einen beredten Blick zuwarf.

Er ging auf die Bühne, wie er es sonst auch getan hätte, allein, verkündete den Start der Kinderrennen und überreichte Preise. Alles Dinge, die er schon eine Million Mal getan hatte. Wenn er Hilfe brauchte, trat Amber vor wie immer, um ihm eine helfende Hand zu reichen, aber das war nicht das, was er wollte.

Etwas musste passiert sein. Er schaute zum millionsten Mal auf sein Telefon. Es gab keine Nachricht, aber er gab die Hoffnung nicht auf. Gab sein Vertrauen nicht auf.

Sie würde da sein. Sie hatte es versprochen, und Kaylee hatte noch nie ihm gegenüber ein Versprechen gebrochen. Nicht in all den Jahren, in denen sie befreundet gewesen waren.

Komm schon, Kaylee. Ich brauche dich an meiner Seite.

18

Früher an diesem Vormittag...

Kaylee zog sich in der Stille von James' Wohnung fertig an. Das Entsetzen in ihrem Bauch verschwand schneller, als sie es für möglich gehalten hätte. Vielleicht wurden all diese *Was-wäre-wenn-Szenarien*, die sich in ihren Gedanken festgesetzt hatten, tatsächlich so weit aufgearbeitet, dass es einen Unterschied machte.

Sie hatte schreckliche Angst, zu der Gala zu gehen und mit der Erwartung zu leben, als Zeremonienmeisterin aufzutreten, aber für James wollte sie es versuchen.

Nur ein rascher Halt, und sie würde sich ihm anschließen. Und hey, wenn schon sonst nichts, konnte sie den ganzen Nachmittag lang vor Stress Zuckerwatte essen, bis sie einen Grund hatte, sich später zu übergeben.

Sie schlüpfte ins Postamt, winkte der Angestellten am

Tresen zu und huschte um die Ecke, um in ihre Box zu schauen.

Ein Päckchen war abzuholen, und es gab eine Lieferbenachrichtigung, für die sie eine Unterschrift leisten musste. Merkwürdig, oder zumindest war es das, bis sie sich erinnerte, dass ihre Eltern vorhatten, ihr etwas aufzuerlegen.

Nein. Das würde sie nicht mit sich machen lassen. Sie würde die Lieferbenachrichtigung vorerst ignorieren. Wenn es ihnen später in der Woche in den Plan passte, würden sie und James raus aufs Land zum Haus ihrer Eltern fahren und sehen, ob es noch etwas gab, das man abholen musste.

Mit Rebellion im Sinn fühlte sie sich ziemlich keck, als sie zum Tresen ging, der Abholzettel flatterte in ihren Fingern. Sie pfiff sogar ein wenig vor sich hin.

Kaylee reichte die Karte hinüber. „Sie haben etwas für mich?"

„Eins hier, und noch mehr." Der Postangestellte griff hinter sich, um eine Kiste vom Regal zu holen. „Das Kleine hat ins Büro gepasst, aber der Rest – wir haben zwei Lieferwagen gebraucht, um alles raus zur Hauptadresse zu bringen. War eine kleine Überraschung. Bitte hier unterschreiben."

„Meine Elterntiere sind alles andere als vorhersehbar", sagte Kaylee. Verdammt. Sie hatte es nicht geschafft, ungeschoren davonzukommen, doch nichts sagte, dass sie heute hinausfahren und nach der Lieferung sehen musste. Sie unterschrieb das Blatt etwas fröhlicher, ehe sie die Kiste annahm, die nicht viel größer war als ein Brotkorb.

„Ich wünsche Ihnen einen schönen Tag", sagte die Postangestellte, während Kaylee nach draußen trat, das leichte Päckchen schwang in ihrer Hand ...

Das Päckchen schrie auf.

Sie musste alles in sich aufbringen, um zu verhindern, dass sie die Kiste sofort fallen ließ. Kaylee ignorierte die paar Touristen, die durch die Straße liefen, während sie die Kiste auf den Boden stellte und sie genauer unter die Lupe nahm. Kleine Löcher waren am oberen Rand des Deckels, verdeckt von einer Schicht Schutzmaterial, die um das ganze Ding gewickelt war. Kaylee musste genau hinschauen, aber sie fand schließlich die Laschen, durch die sie eine kleine Ecke der Kiste öffnen konnte.

Entsetzen raste durch sie hindurch.

Glänzende schwarze Augen und eine schwarze Nase stießen durch die kleine Öffnung herauf. Ein winziger Mund mit spitzen Zähnen öffnete sich zu einem hauchzarten Miauen.

„O mein Gott, sie haben mir ein Kätzchen geschickt.“

Kaylee untersuchte die Kiste, ob es irgendwelche Nachrichten gab, während das winzige Ding hinter den Stäben erbärmlich schrie. Außer Nahrungs- und Wasserspendern gab es jedoch nichts anderes in der Kiste.

„Schon gut, Kleine. Ich hole dich in einem Augenblick da raus. Ich muss rausfinden, was meine idiotischen Eltern sich dabei gedacht haben.“

Kaylee brauchte ein paar Minuten, um das Wesen zu beruhigen, ehe sie es herausholen und auf ihren Schoß setzen konnte. Schwarze und beige Streifen ließen es aussehen wie eine Art Königstiger — offensichtlich kein Shifter, wenn man die Größe bedachte.

Als das kleine Tier sich schließlich zu einer kleinen, flauschigen Pfütze auf ihrem Schoß zusammenrollte, zog Kaylee ihr Telefon heraus und öffnete panisch ihre E-Mails.

Und wie erwartet war vor knapp fünfzehn Minuten eine von ihren Eltern eingetroffen.

Der Freund eines Freundes in den USA hat uns informiert, dass es wirklich tolle Angebote für diese Baseball-Kappen gibt, darum haben wir beschlossen, sie alle zu kaufen und sie von New York nach Norden schicken zu lassen. Dein Vater hat vor, eine Logo-Maschine zu kaufen, damit wir einen Laden für Sportfans mit Fanartikeln eröffnen können.

Wirf einfach alles in den Laden, bis wir zurückkommen, gutes Mädchen. Ich erwarte nicht, dass es später wird als Herbst, oder vielleicht im neuen Jahr.

Halt uns auf dem Laufenden, ob du es schaffst, einen Job zu finden. Oder ob du vorhast, nochmals studieren zu gehen. Wir haben deine schulischen Leistungen immer gern unterstützt.

Küsschen.
Mutter und Vater.

Sie las die Nachricht dreimal, aber sie ergab keinen Sinn. *Was zum Geier?* Es war ganz gewiss keine Kappe, die in ihrem Schoß zusammengerollt lag.

Was, wenn all die Kisten im Haus das Gleiche enthielten? Was, wenn ihre Eltern durch eine irre Verwechslung eine Lieferung mit lebenden Tieren in die Wildnis geschickt hatten?

Sie starrte die Nachricht an, fluchte laut, dann nahm sie ihr Telefon. Es gab keine Möglichkeit, ihrem ursprünglichen Plan zu folgen und die Kisten einfach zu ignorieren. Nicht, wenn Lebewesen darunter leiden mussten.

Nur wenn man die Größe der Gala bedachte, und alles, was James heute koordinieren musste, wollte sie nicht, dass er alles stehen und liegen ließ, um zu kommen und ihr zu helfen.

Himmel, sie wusste ja nicht einmal, ob sie Hilfe brauchte. Nein, sie blieb cool und ruhig und erzählte ihm, dass sie zu spät kommen würde, ohne ihn wissen zu lassen, dass sie mitten in einer potenziell schrägen Situation steckte.

Ihr Herz ging ein wenig auf, als eine, wie sie fand, erstaunlich vernünftige Unterhaltung damit endete, dass er ihr einen Luftkuss gab. Es war dumm, wie sehr ihr Herz hämmerte, als sie ihn sich dabei vorstellte. Ihr zu groß gewachsener Bär ganz süß, wie er die Lippen für sie spitzte.

Dann stieg sie in ihren Truck und fuhr zum Haus ihrer Eltern, einen kleinen Tiger auf dem Schoß.

Er schlief ganz fest am Ende der beinahe einstündigen Fahrt, darum nahm sie ihren Pulli ab und ließ das Tier in einem Nest aus weichem Stoff zusammengerollt zurück. Sie parkte den Truck im Schatten und ließ das Fenster einen Spalt weit offen, damit dem kleinen Wesen keine Gefahr drohte.

Dann machte sie sich mit dem Stapel Kisten an die Arbeit, die auf der vorderen Veranda standen, wo bald die Sonne auf sie scheinen würde.

Kappen? Nein.

Katzen? Aber sicher doch. Aller Größe und Art.

Sie waren in großen, geräumigen Kisten mit Nahrung und Wasser verschickt worden, aber es war definitiv an der Zeit für etwas mehr Bewegungsfreiheit. Ein paar übergroße Katzenklos kämen auch gelegen.

Kaylee haderte etwa drei Sekunden mit sich, ehe sie zu der Entscheidung kam, dass sie ihre Eltern so richtig anpissen würde.

Sie öffnete die erste Kiste und hob zwei Siamkatzen

heraus. „Willkommen bei Chez Feline. Macht es euch gemütlich."

Sie öffnete die Tür zum Haus und ließ sie hinein.

Es dauerte ein paar Stunden, denn Kaylee musste sicherstellen, dass jede von ihnen Zugang zu Wasser hatte und einen eigenen Platz fand, um zur Ruhe zu kommen. Außerdem suchte sie das ganze Haus nach etwas ab, das sich eignete, um zu Katzenfutter verarbeitet zu werden.

Zum Glück hatten ihre Eltern in der Gefriertruhe Fleisch auf Vorrat. Jeder mochte doch ein gutes Filet Mignon.

Es war gut, dass Kaylee die Katzen nicht eingesperrt lassen musste, denn obwohl sie nicht verstehen konnte, was sie sagten, war ihr die Katzenkörpersprache nur zu klar. Dass sie sich im Haus frei bewegen durften, verwandelte ihre angepisste Haltung in wilde Neugier.

„Ich hole Hilfe, sobald die Gala erledigt ist", versprach sie und ließ die Tür zur Garage offen. Sie hatte das größte Katzenklo der Welt gebastelt, indem sie Notfall-Sandsäcke in ein rasch aufgebautes Rechteck gekippt hatte.

Vielleicht war es ihre Aufrichtigkeit, oder vielleicht spürten die Katzen, dass sie das Ende ihrer Geduld erreichte, denn wie durch ein Wunder ließen sie sich friedlich nieder, jede nahm einen anderen Bereich des Hauses für sich in Anspruch.

Jedes Mal, wenn sie die Tür öffnete und hereinkam, beobachteten sie sie. Aberdutzende Augenpaare, die jede ihrer Bewegungen verfolgten. Wenn sie nicht selbst eine Katze gewesen wäre, hätte sie das enorm verstört. Aber so blieb sie stehen und funkelte nur ein- oder zweimal. Nicht, um gemein zu sein, aber um sicherzustellen, dass ihnen klar war, dass sie im Raum das Sagen hatte, auf Kätzisch.

Die größten Kisten enthielten wilde Tiere, die beinahe so groß waren wie James in seiner verwandelten Gestalt.

Kaylee verschränkte die Arme vor der Brust und starrte mit dem größten um die Wette. Das mitternachtsschwarze Fell des wilden Tieres war in der schwachen Musterung eines Panthers gefleckt.

Als der Panther als Erstes blinzelte, stieß Kaylee ein scharfes Fauchen aus, dann öffnete sie den Käfig. Das Tier leistete keinen Widerstand, stolzierte an Kaylees Seite ins Haus, wo es sich sofort zu der übergroßen Couch begab und sie als ihr Revier einforderte.

Der Rest der ausgewachsenen Wildkatzen kooperierte auf ähnliche Weise.

Kaylee wischte sich den Schweiß von der Stirn, während sie einen weiteren Satz Schüsseln mit Wasser füllte. Es war sehr viel später, als sie gehofft hatte, aber es blieb noch genug Zeit, um es zurück zur Gala zu schaffen.

Sie drehte sich um und richtete sich an das ganze Zimmer: „Macht es euch gemütlich, ich komme später zurück. Keine Kämpfe", warnte sie, „oder ihr bekommt alle Stubenarrest."

Der Panther auf der Couch gähnte träge, eine Pfote über der Armlehne. Sein Schwanz peitschte leicht, während ein kleiner Königstiger damit fangen spielte.

Kaylee glitt nach draußen und verschloss hinter sich die Tür. Ihr kam der flüchtige Gedanke, dass das kein guter Tag für einen Einbrecher wäre, um es in diesem Haus zu versuchen.

Sie kicherte über dieses geistige Bild noch, als sie den Zündschlüssel drehen wollte. Der Motor heulte widerstrebend, ehe er dreimal klickte und dann völlig still wurde.

Eine Reihe von Flüchen, auf die James stolz gewesen wäre, löste sich von ihren Lippen. Kaylee machte sich keine Mühe, zu versuchen, die Motorhaube zu heben, denn sie hatte keine Ahnung von Trucks, bis auf die Tatsache, dass es sie letztes Mal, als sie dieses Geräusch gehört hatte, über tausend Dollar gekostet und drei Wochen gedauert hatte, um die Ersatzteile zu bekommen.

Es blieb keine Wahl. Sie warf die Tür zu und stapfte auf die vordere Veranda hinaus. Sich die verschwitzten Kleider auszuziehen, war gewissermaßen eine Erleichterung, um ehrlich zu sein. Sie roch nach nasser Katze, und das war kein angenehmer Geruch, ob es nun von ihr kam oder das Problem eines anderen war.

Sie stellte die Füße auf das Gras und holte tief Luft. Einen Augenblick lang beäugte sie den Himmel und wusste, dass das Tageslicht kein Problem darstellen würde. Es war die Entfernung. Es gab keine tolle Abkürzung zwischen dem Haus ihrer Eltern und dem Festgelände. Der direkte Weg würde eine Menge Wasser zwischen sie und ihr Ziel setzen.

Unterstützung kam aus einer völlig unerwarteten Ecke. Ihre innere Katze seufzte schwer, aber sie drängte sie weiter.

Du hast dem Bären gesagt, du würdest da sein. Jetzt lauf mal los, befahl das Tier.

Da ist eine Menge Wasser im Weg, legte Kaylee dar.

Wir können schwimmen. Wir schwimmen nur nicht sonderlich gern. Ihre Katze nickte entschieden. *Mach daraus nur keine Gewohnheit. Nicht mal für den Schnuckelpelz.*

Kaylee kicherte, stimmte aber zu und fragte sich, was James wohl von diesem neuen Spitznamen halten würde.

Sie wiederholte es als Versprechen. *Nicht mal für den Schnuckelpelz.*

Sie verwandelte sich, dann lief sie zu dem Mann, den sie liebte.

Zu dem Mann, der sich vermutlich fragte, weshalb sie nicht schon längst an seiner Seite stand.

19

Als der Nachmittag in den Abend überging, ließ James' Glauben daran, dass Kaylee da sein würde, niemals nach. Es spielte keine Rolle, wie oft Alex zu ihm schaute, und es spielte keine Rolle, dass er Amber dabei erwischte, wie sie ihn mit trauriger Miene anstarrte.

„Sie wird da sein", erklärte er der Menschenfrau unverblümt.

Amber lächelte liebevoll. „Ich bin sicher, es gibt einen guten Grund, weshalb sie noch nicht eingetroffen ist."

„Ich hoffe, sie hat keine Schwierigkeiten", murmelte James, der zur millionsten Mal auf sein Handy schaute, während er noch einmal versuchte, ihr eine Nachricht zu schreiben.

Er stalkte sie mehr oder weniger online, und das verabscheute er, doch gleichzeitig machte er sich Sorgen. Es ging nicht darum, dass er ihre Hilfe bei der Gala brauchte oder herausfinden wollte, wie es weiterging, wenn sie noch keine Partner waren – obwohl dieses ganze Partnerding kein Thema war.

Er spürte es. Diese Schatztruhe in seinem Innern.

Und noch mehr, er hätte schwören können, dass sich vor etwa einer Stunde etwas neu ausgerichtet hatte. Als hätte sich das Band, das um die Truhe gewickelt war, gelockert, und er wäre einen Schritt näher daran, zu sehen, was sich im Innern befand.

Trotzdem sagte seine Uhr, dass es inzwischen fast neun Uhr abends war. Sie hatten die Gala ins Innere verlegt und sie von einem lockeren Familienpicknick zu einem Tanz für Erwachsene mit endlos Champagner und teuren Hors d'Oeuvres gemacht.

Er trug einen Anzug, von dem er wusste, dass er ihm gut passte, und er sah blendend aus und war bereit, alle um den Finger zu wickeln. Aber während er durch die Menge ging und Hände schüttelte und erfreut lächelnde Gesichter sah, gab es auch neugierige Blicke und Fragen, wo Kaylee war.

Es brachte ihn um.

Er gesellte sich kurz zu Alex und Cooper am Fuß der Treppen, die zur Bühne führten, holte tief Luft und schloss die Augen, bis er sie langsam wieder ausstieß.

Eine schwere Hand landete auf seiner Schulter. Cooper. Fest und beruhigend. „Ich bin mir sicher, sie wird bald hier sein."

Ein tiefes Grollen entwich Alex, gefolgt von einem Keuchen.

James öffnete die Augen, um festzustellen, dass sich Alex die Schulter rieb. Cooper schüttelte die Finger aus, als hätte er kürzlich von seiner Faust Gebrauch gemacht. Sein älterer Bruder funkelte beredt.

„Also gut. Ich bin mir sicher, Kaylee ist in Ordnung, aber ich bin wütend auf sie, okay?", gab Alex zu. „Ich verabscheue es, dich so zu sehen, Bruder."

„Mich wie zu sehen?", fragte James.

Alex zuckte mit den Schultern. „Ich weiß, dass du gesagt hast, du hättest sie erwählt, aber so einsam wie heute habe ich dich seit langer Zeit nicht gesehen. Es ist nicht richtig. Ich mag Kaylee sehr, aber wenn sie nicht für dich da sein kann, muss sich was ändern."

Wie ein Schalter, der umgelegt wurde, ehe das Licht anging, war das alles, was nötig war. Die fehlende Information. Der Gedanke, der sich ihm entzogen hatte.

James' Herz pochte wie wild, hämmerte an seine Lippen. Er ließ die Hände auf Alex' Schultern hinabkrachen und drückte fest zu, pure Freude raste durch seine Adern. „Du hast absolut recht."

Alex zuckte zurück, als James' Hände aufkamen – vermutlich nahm er an, dass er von einem angepissten Bären auseinandergenommen werden würde. Stattdessen zog James ihn zu einer festen Umarmung an sich, schlug ihm zwischen die Schultern, ehe er ihn wegschob und sich Cooper schnappte. Seinem ältesten Bruder gab er dieselbe begeisterte Umarmung mit Rückenklopfen, ehe er wegtrat. „Ihr seid einfach die besten. Das meine ich ernst."

Coopers Miene wurde argwöhnisch. „Was hast du vor?"

„Eine Veränderung", verkündete James, ehe er herumwirbelte. Er nahm drei Stufen auf einmal, wurde erst langsamer, als er am Rand der Bühne des Auditoriums ankam.

Mitten auf der Bühne hielt Opa Giles Hof. Das Scheinwerferlicht auf dem eleganten Gentleman machte daraus den Auftritt eines Rockstars bei seiner ausverkauften Abschiedstournee.

Aber aufmerksam wie immer sah er James und bedeutete ihm, näherzutreten. „Da ist er ja. Ich schätze, es ist Zeit, dass ich aufhöre, alle mit meinen Geschichten zu langweilen. Ich lasse die Festivitäten von meinem Enkel weiterführen. James?"

Opa Giles hielt die Arme einladend ausgestreckt. James ging vor. Er nahm die Hand des alten Mannes und schüttelte sie, während draußen im Publikum höflicher Applaus aufkam.

James übernahm das Mikrofon, doch als sein Opa gehen wollte, hielt James ihn auf.

„Bevor ich anfange, wollte ich ein paar Worte zu meinem Opa sagen." James wusste, wie man mit einer Menge umsprang, und wenn es jemals einen Zeitpunkt dafür gegeben hatte, war es dieser.

Vielleicht war Kaylee nicht da. Doch sie war es. Sie war in seinem Herzen, und obwohl er diese Sache hinter sich bringen musste, damit er von der Bühne verschwinden und sie suchen konnte, gab es etwas Wichtiges, das er vorher erreichen musste.

Er schaute seinem Opa in die Augen und zwinkerte ihm zu, nur um beim alten Mann Fragen aufkommen zu lassen, ehe er sich ans Publikum vor ihm wandte. „Nicht alle von euch haben das Vergnügen, eine eng verbundene Familie wie meine zu haben. Ich möchte euch sagen, dass das normalerweise etwas Wunderbares ist. Hin und wieder allerdings ..." Er verzog das Gesicht und legte den Kopf schief, während er hinaus über die unsichtbare Menge vor sich schaute.

Verhaltenes Gelächter stieg auf.

„Aber abgesehen von den seltenen Momenten, in denen wir uns nicht verstehen, und bei den verschiedenen Dingen, die wir machen, gibt es etwas, das uns alle verbindet. Borealis Gems, das ist ein wahres Familienunternehmen. Wie ihr alle wisst, sind mein ältester Bruder Cooper und mein Bruder Alex mit all dem

Kleinkram beschäftigt, um das Unternehmen tagaus, tagein zu führen. Meine Eltern, obwohl sie nicht hier in Kanada sind, tun, was sie können, um uns zu helfen, suchen nach neuen Märkten und stellen sicher, dass alles auf eine Art und Weise erledigt wird, die ökologisch vertretbar ist und den Familienauftrag erfüllt. Denn das ist uns hier bei Borealis Gems wichtig."

Wieder kam Applaus, diesmal stärker mit einigen zustimmenden Rufen.

James warf einen Blick zurück auf seinen Opa. Seine Oma wartete hinter den Kulissen, ihr Gesicht neugierig. „Hier ist ein Teil des Grundes, weshalb wir ein solch starkes Familien-Ethos haben. Dieser Mann, mein Opa. Er ist derjenige, der uns allen das Geschäft beigebracht hat. Er hat mir beigebracht, wie man einen Witz erzählt, wie man das perfekte Umfeld für die perfekte Situation schafft. Zum Teufel, er hat mir beigebracht, wie man angelt. Mit einer Angel, und mit der Pfote – und wenn ihr eine gute Geschichte wollt, bittet ihn doch, euch zu erzählen, wie wir in einer Blitzflut oben am White River im Yukon festsaßen."

Opa Giles setzte ein breites Grinsen auf. Er schüttelte den Kopf, wackelte mit dem Finger in James' Richtung.

Das süße Gefühl in James' Brust wuchs an. Etwas würde sich lösen. Das Bedürfnis, Kaylee zu suchen, wurde größer, bis es wie ein Pulsieren in seinem Körper war, dringlich. Unaufhaltsam.

Es war gut, dass er fast fertig war, doch er schuldete es seinen Brüdern und der Familie, das ordentlich zu Ende zu führen. „Ja, jeder braucht in seinem Leben jemanden wie Opa Giles. Nicht nur bringt er uns Dinge bei, er ist auch einer der Menschen, die in einem das Feuer entfachen und einen das Richtige tun lassen, selbst wenn einem zu diesem

Zeitpunkt nicht danach ist. Weswegen ich genau jetzt im Augenblick vor euch allen Danke sagen will, Opa Giles. Danke für deine Führung und die Ratschläge und Ermutigungen, ich hätte es ohne dich nicht geschafft."

Er schaute hinüber zum Bühnenrand, wo Cooper und Alex sich bis an den Rand des Lichts bewegt hatten. Er schaute ihnen direkt in die Augen. Alex wirkte besorgt. Cooper wirkte felsenfest, als würde er schon ahnen, was James tun wollte. Er neigte anerkennend das Kinn.

James holte tief Luft und wandte sich zurück an seinen Opa. „Ich verkünde mit sofortiger Wirkung meinen Rücktritt."

Opa Giles blinzelte, sein Mund öffnete und schloss sich, aber kein Wort kam heraus.

Wow. Erstaunlich. Es war ein Augenblick, den man genießen musste. Es kam nicht oft vor, dass jemand es schaffte, den alten Mann sprachlos zu machen.

Aber James hatte keine Zeit. Irgendwo da draußen brauchte ihn Kaylee, und das war nur ein Schritt in die richtige Richtung.

Es war Zeit, es zu Ende zu bringen. James sprach abermals zu der Menge im Auditorium. „Ich werde weiterhin für die Firma arbeiten, aber in einer anderen Rolle. Wisst ihr, während ich bis jetzt Sohn, Enkel und Bruder gewesen bin, habe ich kürzlich einen neuen Titel an die Liste angefügt. Ich möchte Zeit mit meiner Partnerin verbringen können, und das erfordert eine Veränderung. Sie ist das Wichtigste in meiner Welt – Familie steht immer noch weit oben auf der Liste, aber meine Kaylee ist ganz an der Spitze. Ich kann es nicht erwarten, zu erleben, was jeder Tag, den ich mit ihr verbringen darf, Neues bringt."

An der Seite der Bühne gab es Lärm.

James schaute hinüber, um Kaylee zu sehen, die neben seinen Brüdern stand.

In ihren Haaren waren Blätter, lange Strähnen klebten ihr feucht im Gesicht. Sie war nackt bis auf ein buntes Stück Stoff, dass sie sich wie eine Toga um ihren Körper geschlungen hatte.

Schlamm verschmierte ihr Gesicht, weitere Schlammspuren bedeckten ihre Knie und Arme. Ein dunkler Tropfen hing an ihrer Nasenspitze, aber am wichtigsten war, dass sie da war, dass sie ihn mit Verwunderung in den Augen anstarrte.

Sie war die schönste Frau, die er je gesehen hatte.

20

*K*aylee wusste anfangs nicht, wie sie die Füße bewegen sollte. Nichts kam bei ihr an, bis auf dieses Ziehen tief in ihr, das sagte, dass sie direkt neben James sein musste. Genau. In diesem. Verdammten. Augenblick.

Neben dem großen Bären-Shifter, dem ihr Herz gehörte, ihr Körper, ihre Seele.

Sie hatte ewig gebraucht, um die Strecke zwischen dem Haus ihrer Eltern und dem Festgelände zu bewältigen. Drei von den Flüssen, die sie überqueren musste, waren bis aufs äußerste mit Schmelzwasser angeschwollen, was dazu geführt hatte, dass sie ein erschöpftes Wrack war, nachdem sie die Strecke geschafft hatte.

Dann, sobald sie sich verwandelt hatte, war das einzige brauchbare Kleidungsstück, das sie fand, das Banner über dem Eingangstor gewesen. In der Not fraß der Teufel Fliegen, und sie riss es aus der Halterung, schlang es sich um den Körper und raste zum Auditorium, um gerade noch zu hören, wie James alles für sie aufgab.

Das war nicht, wie sie vorgehabt hatte, ihr wackliges

Selbstvertrauen aufzubauen. Sie hätte perfekt frisiert und wie eine Prinzessin gekleidet sein sollen, aber es spielte keine Rolle.

Nichts davon spielte eine Rolle, denn James stand vor ihr, Liebe in den Augen, seine Arme ausgestreckt.

Verdammt. Sie musste niemanden beeindrucken, nur ihn, und er würde eindeutig zum Opferlamm werden, wenn sie sich nicht bewegte.

Sie schritt über die Bühne, ihre Füße hinterließen nasse Spuren.

Sein Blick war unerschütterlich, sein Lächeln wurde breiter, und seine Hand hob sich, um sich auf seine Brust zu legen, die Finger weit ausgebreitet, als würde er versuchen, sein Herz zurückzuhalten.

Es gab eine Million Dinge, die sie sagen könnte. Es gab eine Million Dinge, um die sie sich Sorgen machen sollte, aber nichts davon spielte auch nur die geringste Rolle im Vergleich zu dem einen Ding, das in ihrem Gehirn hämmerte.

Sie hielt direkt vor ihm inne, starrte ihm in die Augen. „Ich liebe dich, James Borealis."

Er zog seine Anzugjacke aus, ließ sie über ihre Schultern gleiten und blieb mit ihr in Kontakt, seine Berührung warm durch die Stoffschichten. „Das passt, weil ich dich auch liebe."

Schockwellen der Freude rasten durch sie hindurch, aber es reichte nicht. Kaylee holte tief Luft, dann nahm sie ihm das Mikrofon aus der Hand. „Opa Giles?"

Der alte Mann war ein paar Schritte abseits, Erheiterung stand auf jedem Quadratzentimeter seines Gesichts. „Ja, Liebes?"

„Sie tun für mich bitte so, als hätten Sie kein Wort von dem gehört, was James in den letzten fünf Minuten gesagt hat. Ich meine, erinnern Sie sich ruhig an den Teil, dass er mich liebt, aber nicht diesen Unsinn mit dem Rücktritt." Sie holte tief Luft, spannte sich an, dann drehte sie sich um, um zur Menge zu schauen.

Zu ihrem Entsetzen sah sie nichts als Dunkelheit, die Lichter des Saals leuchteten in ihren Augen. Dadurch wurde sie gewissermaßen blind, aber irgendwie wusste sie, dass sie, hätte sie jedes einzelne Gesicht in dem übervollen Raum sehen können, jetzt den Mut gehabt hätte, damit fertig zu werden.

„Hallo, ihr alle. Ich nehme an, ihr seid da draußen. Wenn ich bitte eure Aufmerksamkeit bekommen könnte. Euch muss ich auch bitten, dass ihr für mich so tut, als hättet ihr diesen letzten Teil nicht gehört. Natürlich tritt James nicht von seiner Rolle bei Borealis Gems zurück. Er ist der wunderbarste Fürsprecher, den sie haben könnten, und weiß unfassbar viel über die Geschichte der Firma und die Richtung, die sie in Zukunft einschlagen wird. Falls irgendjemand von euch Fragen hat oder Publicity-Events abhalten will, macht ihr lieber bald einen Termin aus, bevor er ausgebucht ist."

Gelächter stieg grollend auf, einzelne Stimmen, leise Erheiterung, und doch, anstatt ihr Panik zu machen, fühlte es sich ein wenig an, als würde sie mit James im Dunkeln Geschichten erzählen.

In jenen Tagen, als sie draußen im Hinterhof kampiert hatten, und sie im Zelt gelegen hatte, und er draußen davor, damit er sich in seine Bärengestalt verwandeln konnte, ohne mit den Reißverschlüssen herumzufummeln.

Da war es ihr auch nicht möglich gewesen, ihn zu sehen, aber sie waren lange aufgeblieben, um Geschichten zu erzählen und Geheimnisse auszutauschen, und sie hatte immer gewusst, dass er da war. Sie bewachte. Sich um sie kümmerte.

Lernte, sie zu lieben.

Jede Kleinigkeit aus ihrer Vergangenheit machte es leicht, fortzufahren. „Ihr solltet ihn auf jeden Fall bald buchen, denn ein Teil dessen, was er gesagt hat, stimmt. Ich hoffe, mehr von seiner Zeit in Anspruch zu nehmen. Wisst ihr, James hat versucht, für mich galant zu sein. Das ist der Grund, weshalb er den Job aufgegeben hätte, für den er so perfekt geeignet ist, aber es ist an mir, das Richtige zu tun. Irgendwie werde ich herauskriegen, was nötig ist, damit ich an seiner Seite sein und ihm helfen kann. Ich weiß, dass ich es kann, denn James hat es mir gesagt.“

Sie wandte sich zu ihm. James, der sie perfekt sehen konnte. James, der der Mittelpunkt ihres Universums war, jetzt und immer, wie es auch sein sollte.

„Er hat es mir allerdings nicht erst kürzlich gesagt. Er hat damit schon vor Jahren angefangen. Alles, was er getan hat, und all die Zeit, die wir zusammen verbracht haben, bestätigt, wie sehr ich ihm am Herzen liege, und wie stolz er auf all die Dinge ist, die ich erreicht habe. Wie sicher er sich ist, dass ich alles schaffen kann, was ich mir in den Kopf setze.“

James trat auf sie zu.

Kaylee holte tief Luft. „Manchmal ist es gruselig, hinter der Kamera hervorzutreten oder in eine neue Beziehung einzutreten. Aber wenn dein bester Freund dir sagt, dass du es drauf hast, dann musst du diesem Typen glauben.“

Das sich ausbreitende Gelächter, das sich aus der Dunkelheit löste, funkelte wie ein Feuerwerk, aber Kaylee merkte es kaum, denn James hatte ihre Finger in die Hände geschlossen. Er zog ihren Körper an sich, während er ihr einen Arm um den Oberkörper schlang und sie festhielt.

„Heißt das, du wirst nicht mehr mit mir herumstreiten?", neckte er sie, seine Stimme wurde sanfter.

Sie schaltete das Mikrofon ab. „In deinen Träumen, Borealis."

James neigte den Kopf. „Was willst du denn sagen, Banks?"

„Ich glaube ..." Sie ließ eine Hand seine Brust hinaufgleiten, bis ihre Handfläche dort lag, wo sein Herz so rasch schlug wie ihres. „Ich glaube, dass ich für dich perfekt bin, selbst wenn du nicht mein Partner bist. Ich gehöre dir, du gehörst mir. Ich wähle, das zu glauben, und zwar hundertprozentig, mit allem, was ich habe. Ich werde alles tun, was ich kann, um dich mit allem in mir zu lieben. Immer ..."

Ein plötzlicher Sturm traf die Bühne. James packte sie und barg ihren Kopf an seinen Körper, als aus dem Nichts ein Wirbelwind heranfegte. Ihre Haare flatterten rund um sie, Lichter blitzten, und es gab ein Grollen unter ihren Füßen, das ihre Körper beben ließ.

In ihrem Inneren stellte sich etwas auf den Kopf. Eine Reihe Dominosteine, die in einer Spirale nach außen fielen, bis das Prickeln, das in ihrem Innersten eingesetzt hatte, an Fingern und Zehen ankam, nach James griff, als wolle es ihn in einem Spinnennetz direkt neben ihr fangen. Sie beide, zusammen. Fest aneinandergebunden, Seite an Seite ...

Nein ...

Es war weit mehr als das. Sie waren verbunden. Zusammen.

Vereint.

Oh, wow.

James' Grinsen wurde breiter, falls das überhaupt noch möglich war. „Heilige *Scheiße*."

Es war eindeutig, dass sie damit nicht allein waren, denn spontaner Applaus brach hinter ihnen aus, hallte von den Wänden des Auditoriums wider und füllte den Raum mit einem zustimmenden Dröhnen.

Nichts davon spielte eine Rolle, denn das Einzige, was Kaylee spürte, war er. Mit ihr innerlich wie äußerlich verbunden, umfassend und zusammen mitten im Sturm.

Sie packte die Vorderseite seines Hemdes. „James? Bedeutet das …?"

„Dass wir Partner sind?" Seine Stimme erklang in ihrem Kopf, und sie wollte aus reiner Freude weinen. *„Sieht so aus."*

Glück erschütterte sie, während sie versuchte, mit dieser unfassbaren, unglaublichen brandneuen Verbindung zwischen ihnen zu antworten. *„Mach schon, sag, ich hab's dir doch gesagt."*

Er ließ die Hand um ihren Nacken gleiten, schob ihr die Finger in die schmutzigen Haare. Er rieb ihre Nasen aneinander. Ihre Lippen berührten sich zart. Immer noch wirbelte Wind in ihrem Rücken.

„Ich habe dir doch gesagt, dass ich dich erwählt habe und ewig behalten will. Ich glaube, dafür schuldest du mir was Großes."

Wie war es möglich, dass sie seinen neckenden Unterton spüren konnte, sogar in ihren Gedanken?

Sie schlang die Arme um ihn und drückte ihre Körper fest aneinander. „Ich bin mir ziemlich sicher, da fällt mir was ein", versprach sie.

Er zog sich zurück, und sie lachte so laut, dass ihre Hand nach oben ging, um ihren Mund zu bedecken.

James runzelte die Stirn. „Was?"

Sie griff vor, um ihm den Schlamm von der Nase zu streichen. „Du bist völlig daneben, und ich liebe dich."

Er nahm ihre Finger und drehte sie zur Seite der Bühne. Der unnatürliche Wirbelwind beruhigte sich, die Papiere vom Podium blieben auf der Bühne verstreut zurück.

Opa Giles kam herüber und sammelte den Schlamassel auf, während er ging. Seine Anzugjacke und Krawatte waren zerknittert, und er strich sie wieder glatt, während er James und Kaylee zustimmend zunickte.

Dann entließ er sie mit einer Geste, als würde er eine ungehorsame Katze aus dem Zimmer scheuchen ...

Oh. Katzen.

Sie zog an James' Arm, während sie von der Bühne gingen, hinter ihnen hallte donnernder Applaus. „Wir werden etwas Hilfe brauchen", warnte sie ihn vor. „Du wirst nicht glauben, was der Grund war, dass ich zu spät gekommen bin."

Er drückte ihr die Lippen auf den Handrücken, führte sie dorthin, wo seine Brüder standen. „Ich weiß, dass es ein guter Grund war, aber noch mehr wusste ich, dass du zu mir kommen würdest."

Cooper hob sie hoch und wirbelte sie in einem Kreis herum, hielt sie fest, ehe er ihr einen brüderlichen Kuss auf die Stirn drückte, während er sie wieder auf die Füße stellte. „Willkommen in der Familie, obwohl du schon immer wie eine kleine Schwester für mich warst."

„Leicht nervig, nervig, und mehr als nur leicht nervig ...", sagte Alex offen. Er verzog das Gesicht. „Erstens entschuldige ich mich. James, ich hatte Unrecht, und das freut mich."

Kaylee wartete, während die beiden Brüder einander die Hände schüttelten, als wäre etwas Ernstes vorgefallen.

Alex wandte sich ihr zu, sein düsteres Gesicht hellte sich auf. „Kleine Schwester. Ich bin froh, dass du mit diesem Idioten zusammen bist, aber wenn du nächstes Mal Hilfe brauchst, frag. Wenn du ein Problem hast, haben wir ein Problem, verstehst du? So macht man das als Familie."

Kaylees Kehle wurde wieder eng. „Vielen Dank. Obwohl ihr das morgen vielleicht bedauert", warnte sie sie, weil sie daran dachte, wie die ganzen Katzen reagieren würden, wenn drei Eisbären auftauchten.

Alex umarmte sie rasch, und dann stahl James sich mit ihr davon, führte sie durch geheime Zugänge und um Ecken.

Der Lärm der Stimmen, der Party und der Musik verblasste im Hintergrund. Kaylee hielt seine warme Hand fest und folgte ihm, wo immer er sie hinführen wollte.

Morgen würden sie Plätze für Dutzende wilder Katzen finden müssen. Morgen würden sie sich anschauen müssen, wie sie ihre Schrottlaube von einem Truck wieder einmal flottbekamen. Und vielleicht nicht morgen, aber irgendwann in der nahen Zukunft würden sie ein ausführliches Gespräch mit ihren Eltern führen müssen, darüber, was sie von ihr verlangen konnten, und was nicht angemessen war.

Aber das lag alles in der Zukunft.

In diesem Augenblick ging sie mit ihrem Partner an einen geheimen Ort. Irgendwo, wo sie unter sich waren.

Ihrem Partner, o mein Gott, ihrem *Partner*.

Sie waren gerade nach draußen getreten, als Kaylee an ihm zupfte, damit er stehen blieb. Einen Augenblick später hatte sie sich um ihn geschlungen, während aus ihrem Inneren Gelächter aufstieg. Sie hielt sich an James fest, als würde er sie nie wieder loslassen.

Er nahm ihr Gesicht mit einer Hand. „Ich bin so froh, dass das Schicksal sich schließlich besonnen hat."

„Du glaubst wirklich, dass das Schicksal eine Chance

hatte, nachdem James Borealis seine Wahl getroffen hat?" Kaylee schüttelte den Kopf.

Er kicherte. „Vielleicht hatte das Schicksal von dem Augenblick an Pech, in dem Giles Borealis das Gesetz überhaupt festgelegt hat."

„Dein Großvater ist ein wunderbarer, rechthaberischer Mann, der seine Finger überall hat." Sie grinste über das Feuer in James' Augen. „Obwohl ich ihm nicht sagen werde, dass er wunderbar ist. Er braucht keine weiteren Gründe, um selbstgefällig zu sein."

James nickte entschieden. „Was auch immer, wir waren füreinander bestimmt. Daran lässt sich nicht rütteln." Während sie dastanden und die Mitternachtssonne auf sie herabschien, eine sanfte Brise in seinen Haaren, beugte er sich dicht heran. „Ich freue mich darauf, den Rest meines Lebens damit verbringen zu können, das dir, dem Schicksal und der ganzen Welt zu beweisen."

Dann küsste er sie.

EPILOG

Alex Borealis war mürrisch und frustriert. Ein perfekter Sturm aus Gefühlen, die einen geringeren Mann dazu gebracht hätten, einen schrecklichen Fehler zu begehen.

Oh, er wusste genau, wie er das Adrenalin in seinem System loswerden wollte, aber da er stolz auf seine Disziplin war, würde das, was er wollte, nicht geschehen.

Auf keinen Fall, auf gar keinen Fall, würde er sich von zwei glänzend braunen Augen mit Goldsprengseln vom Weg abbringen lassen. Stattdessen nutzte er die harte Arbeit, den Schlamassel von der Party aufzuräumen, um sich abzulenken.

Es war schon weit nach zwei Uhr nachts, bis die letzten Partygäste das Gebäude verließen. Fahrzeuge blieben auf dem Parkplatz stehen, um am nächsten Tag abgeholt zu werden. Gäste, die ein wenig zu viel getrunken hatten, hatten sich dagegen entschieden, nach Hause zu fahren. Stattdessen hatten sie sich verwandelt, eine Menge aus beschwipsten Bären, Katzen und Wölfen, die über den

Asphalt torkelten, ehe sie unter den Bäumen verschwanden.

Alex sah ihnen nach, mit etwas, das Missbilligung sehr nahekam. Er hatte nichts gegen ein wenig Spaß einzuwenden, aber Exzesse hatten ihre Zeit und ihren Ort, und das war nicht hier.

Er bog um die Ecke und kam ruckartig zum Stillstand, als er auf eine kleine Reinigungsmannschaft traf, die die letzten Tische aus dem Auditorium abräumte. „Amber. Das Ding ist dreimal so groß, als dass du es tragen könntest", tadelte er, während er zu ihr lief. Er nahm den Rand und wollte ihn ihr wegziehen, aber ohne Erfolg.

Alles, was er für seine Mühen bekam, war ein genervter Blick.

„Ich habe ihr bereits gesagt, sie soll damit aufhören, aber sie nimmt Anweisungen in etwa so gut an wie du", sagte Cooper trocken. „Also gar nicht."

„Wie kannst du nur sowas über deine persönliche Assistentin sagen", erwiderte Amber dreist. „Ich lebe doch, um dir zu dienen."

Cooper wandte ihr rasch den Rücken zu, und Alex verbiss sich ein Kichern. Er glaubte nicht, dass Amber bemerkt hatte, dass sein großer Bruder tatsächlich bei ihren Worten rot geworden war.

Cooper musste öfter mal raus, wenn der völlig unschuldige Kommentar des kleinen Menschleins ihn derart erschütterte.

Vergiss Cooper. Wir brauchen das auch, beschwerte sich sein Bär. *Wo ist der Wolf?*

Schnauze, fuhr Alex sein inneres Selbst an.

Die Bestie knurrte, beruhigte sich aber.

Fünfzehn Minuten später bekam Alex den Abschlussbericht von allen bis auf einen aus seinem

Sicherheitsteam. Er begleitete Cooper und Amber zum Ausgang, schloss nach ihnen die Tür ab.

Er war unterwegs zurück ins Gebäude, als sein Funkgerät losging.

„Alex", keifte er.

„Fast fertig." Der ausstehende Bericht kam rein. „Ich muss noch die Stufen des Auditoriums checken."

„Das übernehme ich", bot Alex an. „Ich bin gleich dort."

„Danke, Boss." Der Mann seufzte glücklich. „War ein toller Abend. Ich freue mich so für deinen Bruder."

„Ja. Das ist was Tolles", bemerkte Alex, ehe er das Funkgerät abschaltete und sich mit raschem Schritt daran machte, den letzten Rundgang durchzuführen.

Er begab sich hinüber zu den drei abgesetzten Stufen, ehe ihm auffiel, dass der Geruch, der in der Luft lag, stärker wurde. Der Geruch, der ihn seit Tagen subtil in den Wahnsinn getrieben hatte, seit der Zeit, als er in der Bar neben Lara Lazuli festgesessen hatte.

Wut stieg in ihm auf, teils auf sie, aber vor allem auf sich selbst. Der Geruch nach ihr sorgte dafür, dass er sie hochnehmen und an die nächste Wand drücken wollte. Nicht, um ihr wehzutun, sondern um ihr die Kleider vom Leib zu reißen und sie zu nehmen, als wären sie irgendwelche wilden Tiere.

Ähem, setzte sein Bär an.

Schnauze, fuhr Alex ihn an.

Dort am Ausgang im Erdgeschoss holte er sie ein. „Was zum Teufel glaubst du denn, dass du hier machst?"

Lara wirbelte herum, die Augen aufgerissen, der silberne Pferdeschwanz flog und kam quer über ihrer Brust zum Lieben. „*Du?*"

Er stürzte sich auf sie wie ein tobender Elefant. „Was

drückst du dich denn hier in den Ecken herum? Willst du Borealis Gems ausspionieren?"

„Nein", sagte sie rasch. „Ich habe vorhin Amber geholfen und dabei meine Schuhe ausgezogen. Ich musste zurück, um sie zu holen."

Zwei hochhackige Schuhe mit Acht-Zentimeter-Absätzen hingen an ihren Fingern, ganz aus sündig dünnen Silberriemen und sexy Nieten, und der Gedanke, dass sie sie trug, sorgte dafür, dass sein Körper sich auf eine Art und Weise anspannte, die er nicht zugeben wollte.

„Ich habe mit Amber gearbeitet, und da warst du nicht", knurrte er und näherte sich ihr.

„Ja, weil du ja total auf der Damentoilette warst, wo jemand die tolle Idee hatte, mit Lippenstift Herzen auf den Spiegel zu malen. Oh, ich weiß, du hast dich bestimmt in einer Kabine versteckt, während ich auf den Tresen gestiegen bin, um die Spiegel zu putzen."

Er schaute nach unten. Auf den Knien ihrer Caprihose waren leichte Flecken.

Er nahm sie an der Hand, und ihr entwich ein Keuchen, als er sie zu seinem Gesicht zog. Er drehte ihre Handfläche nach oben, zögerte, als er leichte pinke Spuren unter ihren Nägeln erspähte.

Er schaute ihr in die Augen. „Warum solltest du denn helfen, bei einem Event von Borealis Gems aufzuräumen?"

„Weil ich Zeit mit einer Freundin verbracht habe, und sie hat Hilfe gebraucht. Darum dachte ich wohl, ich sollte mich nicht wie ein Arschloch verhalten und sie allein arbeiten lassen, wo ich doch helfen konnte." Sie zog an ihrem Arm, als wolle sie seinem Griff entkommen. „Aber ich schätze, dieses Konzept verstehst du nicht. Freundschaftsdienste."

Das Chaos in seinen Eingeweiden brodelte noch

stärker. Er war ein Arschloch, und er wusste es. Aber er konnte entweder ein Arschloch sein, oder zugeben, wie sehr er diese Frau wollte, die der letzte Mensch auf der Erde war, mit dem er zusammen sein sollte.

„Lass los", sagte Lara leise, in ihr war keinerlei Kampfgeist mehr. Sie ließ den Kopf hängen.

Zu seinem Entsetzen traf ihn heftige Sorge.

„Was ist los?", wollte Alex wissen.

Sie schüttelte den Kopf.

Verdammt noch mal. Er zählte eins und eins zusammen und kam auf einen Gedanken, der ihm nicht gefiel. Er wettete, dass sie etwas im Schilde führte. Erst bei Amber, jetzt bei ihm.

Vielleicht war es an der Zeit, ihr einen kleinen Köder hinzuwerfen. Er strich mit dem Daumen über ihren Handrücken, und das weiche Gefühl sorgte dafür, dass sich sein ganzer Körper vor Verlangen anspannte. Er schob sein Verlangen beiseite und konzentrierte sich darauf, zu tun, was nötig war. Er musste dafür sorgen, dass Borealis Gems sicher war. „Ich habe kein Problem mit Freundschaftsdiensten."

Lara versteifte sich. Ihr Kopf legte sich schief, bis ihr Blick seinen traf. „Echt?"

Er redete sanft, vertraut. Wollte sie dazu bringen, sich ihm anzuvertrauen. „Natürlich. Erzähl es mir – es ist doch irgendwas, oder?"

Einen Augenblick lang wurde ihr Blick weich. Anstatt sich ihm zu entziehen, schlangen sich ihre Finger um seine, als wolle sie, dass er in der Nähe blieb. Als ob das Gefühl, das in seinen Adern brüllte, das wollte, dass er sie auszog und zur Seinen machte, auch durch sie hindurchströmte.

Erfüllt von Verlangen, mit der Sehnsucht nach mehr.

Sie öffnete den Mund, und in dem Augenblick, bevor

sie etwas sagte, stieg das Gefühl, dass er gewonnen hatte, sein Rückgrat empor. Sie würde auspacken, und er hatte ihr im Grunde gar nichts zugestanden.

Lara wurde absolut reglos. Ihr Blick flackerte.

Sie leckte sich die Lippen. Langsam.

Er konnte nicht widerstehen. Er starrte hungrig ihren Mund an, denn sie so in seiner Nähe zu wissen, brachte ihn dazu, dass er sich vorstellen konnte, wie sich ihre Zunge an seiner anfühlen würde. Wie sie schmecken würde.

Was er mit ihr anstellen könnte, damit sie beide jaulten.

Völlig unerwartet setzte sie sich in Bewegung. Sie drückte sich an ihn und vergrub die Finger in seinem Haar. Etwas klapperte auf dem Boden – ihre Schuhe? –, während sie ihn küsste, heftig, und wildes Feuer und Verlangen glühten in dem Augenblick auf, ehe er reagierte.

Und wie er reagierte. Bevor er es sich versah, kämpften sie um die Oberherrschaft, während er ihren Kuss erwiderte, als wäre er besessen.

Es war ihm egal. Er hob sie auf, drückte ihren Körper an die nächste Wand – und sein innerer Bär grollte vor Freude und einem guten Stück Selbstherrlichkeit.

Siehst du? Tier. Mach weiter ...

Alex ignorierte die Bestie, so gut er konnte, schob einen Fuß zur Seite, als sein Arm an die Gegensprechanlage des Gebäudes stieß. Dann ging es nur noch um ihren Geschmack, der sein System anfüllte, die sexuelle Anspannung stieg zu etwas Explosiven an, bis er beinahe wahnsinnig wurde vor Verlangen.

Lara kratzte über seine Schultern und zerrte an seinen Knöpfen, bis sie es schaffte, ihm das Hemd auszuziehen. Er beugte sich hinab und leckte über die Haut an ihrem Hals, bevor er sie leicht biss. Sie stieß einen leisen Schrei aus und bohrte ihre Nägel fest genug in ihn, um Spuren zu hinterlassen, was das ganze verdammte Ding nur noch heißer machte.

Alex fluchte, löste seine Lippen von ihrer Haut. „Das ist falsch. Das ist ganz falsch, aber verdammt, ich will dich."

Sie wand sich, und er stellte sie ab. Dann waren ihre Hände an seiner Taille, und sie arbeitete an seinem Hosenknopf und Reißverschluss, schob ihm die Hose über die Hüfte, drückte ihn zurück an die Wand unten an der Treppe.

Er packte das Geländer mit beiden Händen, um das Gleichgewicht zu halten. Ein Fuß stand auf der ersten Treppe, der andere unten, während ihre Hand in seine Anzughose glitt, und ihre Finger sich um seinen harten, langen Schwanz schlangen.

Alex' Kopf fiel zurück, traf auf die Wand, während sie ihn durch den Stoff seiner Unterwäsche bearbeitete.

Das mochte ja falsch sein, aber er konnte auf keinen Fall sagen, sie solle aufhören. Lust strömte durch seinen Körper, noch während er darum kämpfte, die Herrschaft wiederzuerlangen. Sie drückte sich an seine Seite, eine Hand hinter ihm, aber es war die andere Hand, die hundert Prozent seine Aufmerksamkeit beanspruchte, weil ...

Heilige Scheiße, war das heiß.

Als nächstes bekam er mit, dass Lara sich von ihm losriss. Sie kam einen halben Meter entfernt schlitternd zum Stehen und starrte ihn mit einer nicht zu deutenden Miene an. Ihre Brust bebte, während sie keuchte und versuchte, wieder zu Atem zu kommen. Sie war völlig zerrauft, Haarsträhnen waren aus ihrem Pferdeschwanz gefallen. Ihre Kleider waren durcheinander, ihre Schuhe lagen auf dem Boden zu ihren Füßen.

Barfuß, mit blassrosaroten Nägeln.

„Komm her", befahl Alex, der sich nach ihr streckte ...

Seine Hände kamen hinter ihm ruckartig zum Stillstand.

Er knurrte, während er hinabschaute, um festzustellen, dass er mit Handschellen festgekettet war. Ein Ring lag um jedes Handgelenk, und die Kette zwischen ihnen war um das Metallgeländer an der Seite der Treppe geschlungen.

„Was zum Teufel geht hier vor?" Er sprang nach ihr, aber seine Mühen wurden nur mit einer schmerzenden Schulter belohnt.

„Das sind deine Handschellen. Denk es dir aus." Sie beugte sich hinab und schnappte sich ihre Schuhe, klopfte sich auf die Haare und richtete ihre Kleider. „Ich bin froh, dass du Freundschaftsdiensten gegenüber nicht abgeneigt bist. Aber wenn man bedenkt, dass du nicht gesagt hast, dass ich zu diesen *Freunden* gehöre, sollten wir das Ganze vielleicht als Fehler betrachten. Ich hoffe, du hast einen wunderbaren Abend."

Sie ging zu den Türen nach draußen, bevor sie ihre Schuhe wieder anzog. Es war nicht richtig, dass sein Schwanz pulsierte, als er beobachtete, wie sie in diese Fick-Mich-Stilettos schlüpfte.

„Damit kommst du nicht davon", warnte er sie.

„Ich habe nicht versucht, mit irgendwas davonzukommen", sagte sie sanft, beinahe traurig.

Sie warf ihm die Schlüssel für die Handschellen vor die Füße und glitt durch die Tür.

Was für eine unmögliche Situation. Da seine Hände hinter dem Rücken gefesselt waren, konnte Alex sich die Schlüssel nicht schnappen, um sich loszumachen. Seine Hose glitt langsam nach unten, lag um seine Knöchel.

Was für ein verteufelter Schlamassel.

Er beobachtete sie durch die dünne Glasscheibe in der Außentür, während sie hinüber zu einem leuchtend roten

Maserati ging, der neben seinem schwarzen Porsche stand. Als sie in das Fahrzeug stieg, schwor er, dass das das letzte Mal war, dass Lara Lazuli ihn übertölpelt hatte. Er hatte keine Ahnung, wie sie es geschafft hatte, ihm in die Tasche zu greifen, ohne dass er es gemerkt hatte ...

Auf der anderen Seite war er ein *wenig* abgelenkt gewesen.

Da war noch etwas. Eines Tages würden sie beenden, was sie angefangen hatten, oder sein Name war nicht Alex Borealis.

Ein lautes Brummen ertönte, und er blinzelte überrascht, bis ihm klar wurde, dass ein grünes Licht auf der Gegensprechanlage an der Wand neben ihm leuchtete. Es war nahe genug, dass er, wenn er sich hinabbeugte und die Nase nutzte, den Sprechknopf drücken konnte.

Unangenehm, aber es ging.

„Was?"

„Alex?" Sein Opa klang viel zu keck für diese Nachtzeit.

„Was?", erwiderte er mürrisch.

„Sprichst du so mit deinem Großvater?", wollte Opa Giles wissen. „Ich schätze, du bist müde vom Tag, darum werde ich deine Unhöflichkeit ignorieren. Ich wollte nur mal nachfragen, wie's läuft, und ich dachte mir, dass du der Einzige sein würdest, der zu dieser Stunde an die Gegensprechanlage geht. Bin froh, dass ich dich erwischt habe, bevor du das Gebäude verlässt."

Alex schaute hinab auf den Boden, dann auf seine Hände, die hinter seinem Rücken gefesselt waren. „Ja, ich hänge vielleicht noch etwas hier rum."

„Ich will dich nicht aufhalten. Deine Großmutter und ich sind schon unterwegs ins Bett, aber ich wollte dich wissen lassen, dass sie mich gebeten hat, die kommende

Woche freizunehmen. Und du weißt doch, wie sehr ich deine Großmutter liebe. Ich würde für diese Frau alles tun."

„Darunter auch, mir einen Job zu übertragen, den du hättest erledigen sollen?", sagte Alex träge.

„Ein Meeting morgen um zwei Uhr", gab Opa Giles zu. „Du suchst doch immer nach Information, um die Sicherheit zu verstärken, und das ist genau, was dieses Meeting bringt. Du hältst dich mit allem auf dem neuesten Stand. Das hat mir an dir immer gefallen, Alex. Dich erwischt man wohl kaum je mit runtergelassener Hose."

Alex holte tief Luft und ignorierte die Ironie dieser Bemerkung. „Natürlich, ich kann dir das Meeting abnehmen. Zwei Uhr ist kein Problem." Bis dahin würde er sich das Handgelenk abgenagt haben, falls das die einzige Art war, wie er aus diesen Handschellen kam. „Mit wem ist das Treffen?"

„Du wirst mit allen Wassern gewaschen sein müssen, Junge. Sie ist trickreich. Ich bin mir nicht sicher, was mit dem Rest ihrer Familie los ist, und ihre Persönlichkeit ist vermutlich langweilig wie altes Brot, aber was Security angeht, ist sie genial."

Das war nicht der richtige Abend für solche Spielchen. „Opa, red nicht um den heißen Brei. Wie heißt sie, diese Säule der Tugend?"

„Lara Lazuli. Vergiss es nicht. Zwei Uhr nachmittags. Komm nicht zu spät."

Vor dem Fenster wurde das Licht der Heckscheinwerfer des Maserati langsam schwächer, während er wegfuhr. Alex starrte ihr nach, ein tiefes Pulsieren raste durch sein System, und ihm stand der Sinn sehr nach Rache und sexuellen Absichten.

„Das will ich auf keinen Fall verpassen."

~

FINDE DIE EINE – SONST KRACHT'S!

Als ihr kuppelsüchtiger, sich ständig einmischender Familienpatriarch dieses Gesetz festlegt, wollen Giles Borealis' drei Eisbären-Shifter-Enkelsöhne Folge leisten. Nur dass James, Alex und Cooper einen ganz anderen Plan haben, um mit ihrem anstehenden Paarungsfieber fertig zu werden. Wird sich einer von ihnen dem Schicksal entziehen können?

Spoiler: sehr unwahrscheinlich!

~

Borealis-Bären
Die Erwählte des Bären
Die Auserkorene des Bären
Die Gefährtin des Bären

~

Vivian lässt derzeit ihre vielen Serien übersetzen. Bitte besuchen Sie deren Website für alle aktuellen Informationen.
www.vivianarend.com/de

ÜBER DEN AUTOR

Mit über 3 Millionen verkauften Büchern ist Vivian Arend eine *New York Times*- und *USA Today*-Bestsellerautorin von mehr als 70 zeitgenössischen und paranormalen Liebesromanen.

Ihre Bücher lassen sich alle einzeln lesen und haben keine Cliffhanger. Sie sind witzig, aber auch emotional, es gibt heiße Szenen und glückliche Enden. Für Vivian ist das der beste Job der Welt. Sie lebt in British Columbia, Kanada, zusammen mit ihrem langjährigen Mann – der Inspiration für alle Helden und einem bereitwilligem Gefährten auf Abenteuern aller Art.

https://vivianarend.com/de